DRAGON BALL SD

드래곤볼에스디

5 전사들의 사투!!!

원작 · 감수 토리야마 아키라
만화 오오이시 나호

등장인물소개

손오공

깊은 산속에서 살던 꼬리 달린 소년. 수련 끝에 다시 천하제일 무술대회에 도전한다.

크리링

거북선인 밑에서 수련 중인 오공의 동문. 반질반질한 머리가 트레이드 마크.

부르마

서부 도시에 사는 소녀. 돈이 많고 살짝 영악하다.

거북선인

여자를 밝히는 영감이지만, 사실은 무천도사라 불리는 무술의 달인.

야무치

전직 도적. 강하지만, 다음 천하제일 무술대회에 출전하기 위해 거북선인의 밑에서 수련하게 된다.

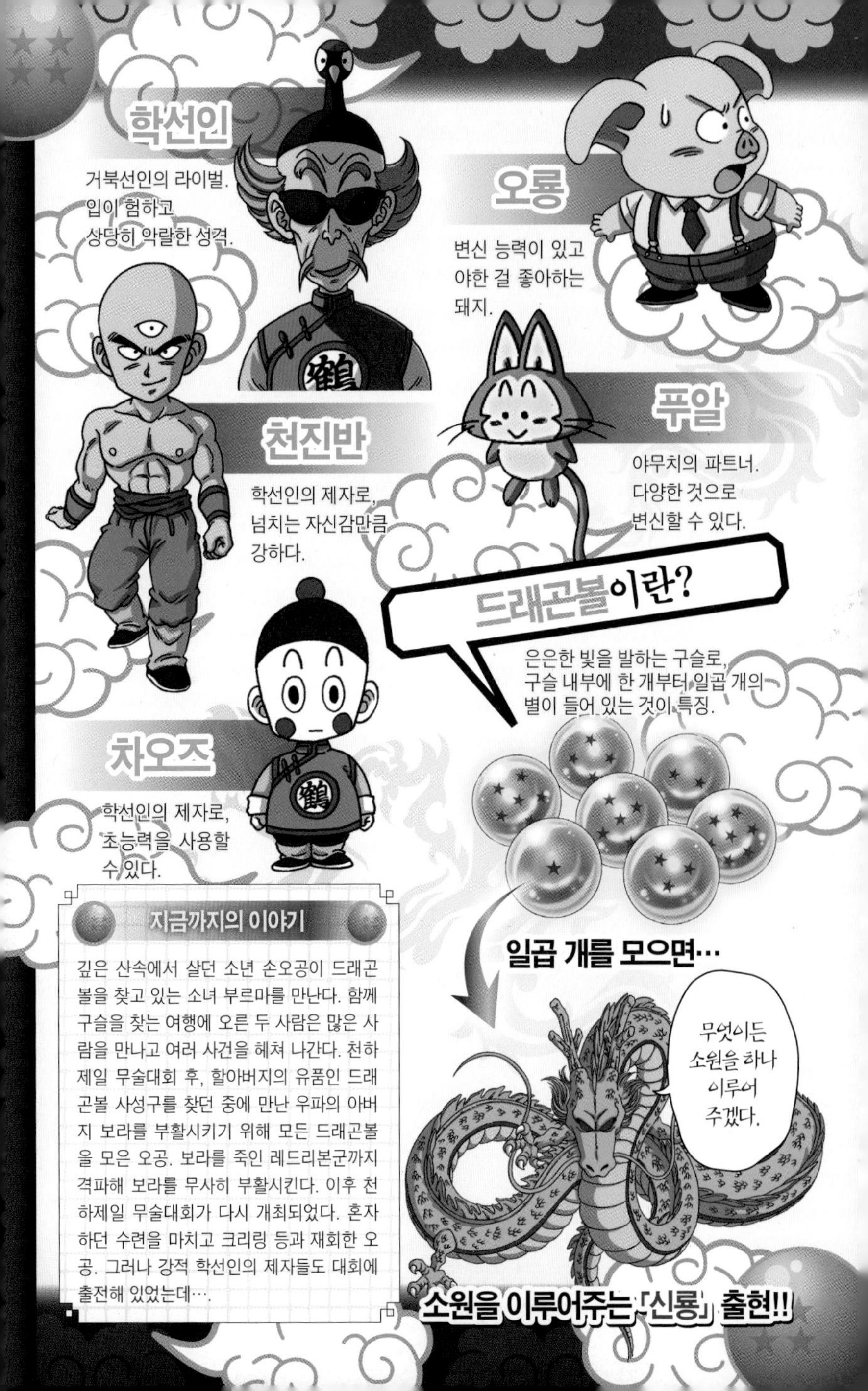
학선인
거북선인의 라이벌. 입이 험하고 상당히 악랄한 성격.
오룡
변신 능력이 있고 야한 걸 좋아하는 돼지.
푸알
야무치의 파트너. 다양한 것으로 변신할 수 있다.
천진반
학선인의 제자로, 넘치는 자신감만큼 강하다.
드래곤볼이란?
은은한 빛을 발하는 구슬로, 구슬 내부에 한 개부터 일곱 개의 별이 들어 있는 것이 특징.
차오즈
학선인의 제자로, 초능력을 사용할 수 있다.
일곱 개를 모으면…
무엇이든 소원을 하나 이루어 주겠다.
소원을 이루어주는 「신룡」 출현!!

지금까지의 이야기

깊은 산속에서 살던 소년 손오공이 드래곤볼을 찾고 있는 소녀 부르마를 만난다. 함께 구슬을 찾는 여행에 오른 두 사람은 많은 사람을 만나고 여러 사건을 헤쳐 나간다. 천하제일 무술대회 후, 할아버지의 유품인 드래곤볼 사성구를 찾던 중에 만난 우파의 아버지 보라를 부활시키기 위해 모든 드래곤볼을 모은 오공. 보라를 죽인 레드리본군까지 격파해 보라를 무사히 부활시킨다. 이후 천하제일 무술대회가 다시 개최되었다. 혼자 하던 수련을 마치고 크리링 등과 재회한 오공. 그러나 강적 학선인의 제자들도 대회에 출전해 있었는데….

DRAGON BALL SD

드래곤볼에스디

5

contents

목 차

★이 작품은 픽션입니다. 실제 인물, 단체, 사건과는 아무런 관련이 없습니다.

제 39 화 크리링 VS 도동파!!

지난 줄거리
천하제일 무술대회 제1시합은
거북선인의 밑에서
혹독한 수련을 견뎌낸 야무치와
학선인의 제자 천진반의
격렬한 전투로 막이 올랐다!!
서로 한 치도
양보하지 않는
격렬한 공방전을
펼친 끝에,
우리의 야무치가
무려 에네르기파를
날렸다!!
파!!!!
장하다, 야무치!!
힘내라, 야무치!!
지금이 바로
네 진면목을
보여줄 때다!!!
우리 친구들도
항상 노력하는
야무치를
응원해 줄 거지…?!
그럼 시작합니다….

조~…용
훗….
다… 다리가 이상한 방향으로 꺾였어….
데생 실수는 아니지?
야무치──!!
탓
야무치──!!
이, 이봐! 정신 차려…!!
야, 야무치 선수는 도저히 시합을 속행할 수 있는 상태가 아닙니다….
따, 따라서 천진반 선수의 승리입니다…!!

너무해…. 야무치는 이미 정신을 잃은 뒤였어.
크크크…. 죽이지 않은 걸 고맙게 생각해. 난 마음씨 고운 남자거든.
부릅
야무치의 원수는
내가 반드시 갚겠어!!
야, 야. 그렇게 말하면 뭔가 꼭 야무치 씨가 죽은 것 같잖아….
하하하. 네가 결승까지 올라올 수 있을까?
그보다 곧 다음 시합 시작인데 방해된다.
잘했다. 이제 학선류의 무서움을 느꼈겠지.
히히히….
거북선인 녀석의 새파랗게 질린 얼굴이 보고 싶었는데.
하지만 천진반의 대단함은 고작 이 정도가 아니다….
그런데 거북선류가 생각보다 제법이었어. 방심은 안 하는 게 좋아.
당연하지.
피스.

하지만 방금 싸운 야무치란 녀석이 아마 거북선류의 세 제자 중 가장 달인이겠지….
…그렇다면 내가 우승하고 네가 준우승이다. 결과는 이미 나온 거나 마찬가지야.
이어지는 두 번째 시합은 잭키 춘 선수 대 사나이 늑대 선수의 대결입니다!!
춘 선수는 전 대회 우승자죠!!
대전 상대인 사나이 늑대 선수는 무려 보름달을 보면 늑대에서 인간으로 변신하는 성가신 체질을 가졌습니다.
천하제일 무술대회
크헤헤, 네놈과 싸울 날을 손꼽아 기다렸다.
묵사발을 내주겠어…!
자네, 내게 원한이 있는 것 같은데 이유가 뭔가? 자네와는 면식이 없네만.
시끄러워!! 네놈이 지난 천하제일 무술대회에서 달을 부쉈잖아!!
덕분에 난 계속 늑대로 있어야 하는 신세다!! 이래선 예쁜 인간 여자에게 전혀 인기를 끌지 못한다고!!!

달을 파괴당한 분노로 사나이 늑대는 맹공격을 펼쳤으나,
붕웅
퍼억
춘에게는 스치지조차 못했다….
비, 빌어먹을 ──!!
그래도 달을 파괴한 건 미안하니 사과의 표시로 자네를 인간으로 만들어 줌세.
크리링, 이리 와보렴.
어?
무슨 일인가요?
제게 볼일이라도?
여기 서서 뒤돌아보고 있어다오.
자!! 이걸 보게!
설마 제 머리를 보름달 대신으로 삼으려는 건 아니겠죠…?
용케 알아차렸구나. 최면술로 그렇게 생각하게 만들 게다.

자,
잘 보게나.
달이다.
보름달이지.
동글동글
동그르르~.
우오오
오오…!!!
펑
어?
와!
이…
인간이
됐어…!!
만세
—!
만세,
만세——!!
이제 다신
늑대가
되지
않을 게야.
오오—

미, 미안했어!! 너 좋은 녀석이었구나!! 고마워!!
알면 됐네.
그럼 안녕—!
야호—! 이제 마음껏 헌팅할 수 있다—!!
…어느 쪽이든 여자에겐 인기 없을 것 같은데….
그나마 늑대 쪽이 나은 것 같은 기분이….
자, 다음 제3시합을 시작하겠습니다!!
차오즈 선수 대 머리가 보름달인 크리링 선수입니다! 나와 주십시오——!!
와하하
하하하
호호…
…짜증 나….
와—
와—
천하제일 무술대회
크리링 선수는 아시다시피 거북선인님의 제자이며,
차오즈 선수는 라이벌인 학선인님의 제자입니다. 이번에도 학과 거북이의 싸움이 펼쳐지겠습니다!!
천하제일 무술대회

와
와
와
힘내, 크리링!!
그래!
…무슨 생각을 하는지 모르겠네….
예선에서 저 녀석이 싸우는 걸 봐 둘걸….
그럼
시작 하십 시오!!
와
와
와
슥
너, 싸울 생각은 있냐?!
뭐야?!

스-윽
앗!!
퍼억
쿡!!
휘이익
빙글
사뿐…
탁
슈우웅
휘익

사,
사라
졌어!!
어?!
이쪽!!
그러니까…
젓가락을
쥐는 손이
오른쪽
이고…
밥공기가
왼쪽….
왼쪽?!
왼쪽이다,
차오즈!!
뻐어억
퍼퍽 닥퍽퍽

잘한다, 크리링!!
밀어 붙이고 있어!!
둥실
붕웅
슈우—웅
칫!!
제길——. 둥실둥실 날아다니기나 하고…!!
저래선 함부로 공격할 수 없잖아…!!
저것이 바로 학선류 특유 기술인 무공술이지….
그랬단 말인가…. 그럼 앞으로 등장할 외계인과 마인, 파괴신 모두 학선류의 사형일 가능성이…?
흐, 흔한 기술인지도 모르겠구먼….
쿠—웅
어디 놀라봐.
공격해 주지.

뭐,
뭐지?!
ㅊㅊㅊㅊ…
척
도동파
앗!!
펑
지잉

도동파라고…?!
타오 파이파이란 녀석이랑 같은 기술이잖아!!
이봐! 지금 누구와 같은 기술이라고 했지?!
내가 해치운 타오파이파이란 살인 청부업자랑 같은 기술이라고 했어!
해치웠다고?! 헛소리 마!!
탁
헛소리 아니야!
네가 뭔데 그런 소리야?!
타… 타오 파이파이 님이….
부릅
왜 저런담?
이상한 녀석이야——!

얘, 얘야. 정말로 타오파이파이를 쓰러트린 게냐…?
할아버지까지 뭐야….
해치웠어. 고생은 했지만. 엄청나게 강한 너석이었거든.
어… 어떻게 이런 녀석이. 세, 세계 최고의 살인 청부업자라 불리던 그 타오파이파이를….
타오파이파이는…
학선인의 동생이다…!
뭐?!
동생이면 형제란 뜻이잖아….
펑어엉
으악!!

케케케.
지잉 지잉
내가 이긴다.
이대로 속수무책으로 끝나는 건가?!
젠장!!
뭔데 그러느냐? 한창 재밌는 참에.
말씀드릴 것이 있습니다.
음?
학선인님!
야무치 씨는 쓸 수 있었지…. 나도 쓸 수 있을지도 몰라.
……!!
퍼어엉
모가 나올지 도가 나올지 시험해 볼 수밖에!!
나도 에네르기파를 쓸 수 있었다면…!!
제길—.

퐁
에네르기… 파.
그러니까…
삭
잠깐 연습해 보자….
나왔다!!
할 수 있겠어!!!
뭐… 뭐라고~ …?!
파… 파이파이 녀석이 거, 거북선인의 제자 한 명에게 당했다…?!
물론 실력이 아니라 우연일 거라 봅니다만….
당연하지!! 그게 아니면 그 녀석이 당할 리 있나!!
3년이나 보이지 않아서 이상하다 싶긴 했지만…
저… 저놈~~ …!!
차오즈!!! 놀이는 거기까지다!!! 해치워버려!!!
GER

큰일이군. 저놈들은 거북선인의 제자인 너희를 시합에서 죽일 생각인 게야!
뭐?! 설마 내가 저 녀석의 동생을 죽여서?!
최대 출력의 도동파다!
에…
네…
르…
크리링….
저, 저 녀석, 설마….
도동…
기…
에네르기파인가?!
안 돼…! 벼락치기로 익힌 에네르기파로는 도동파의 상대가 되지 못해!

내 활약을
너무 많이
잘랐잖아!!!
이봐!!

제 40 화 백중지세의 실력!!!

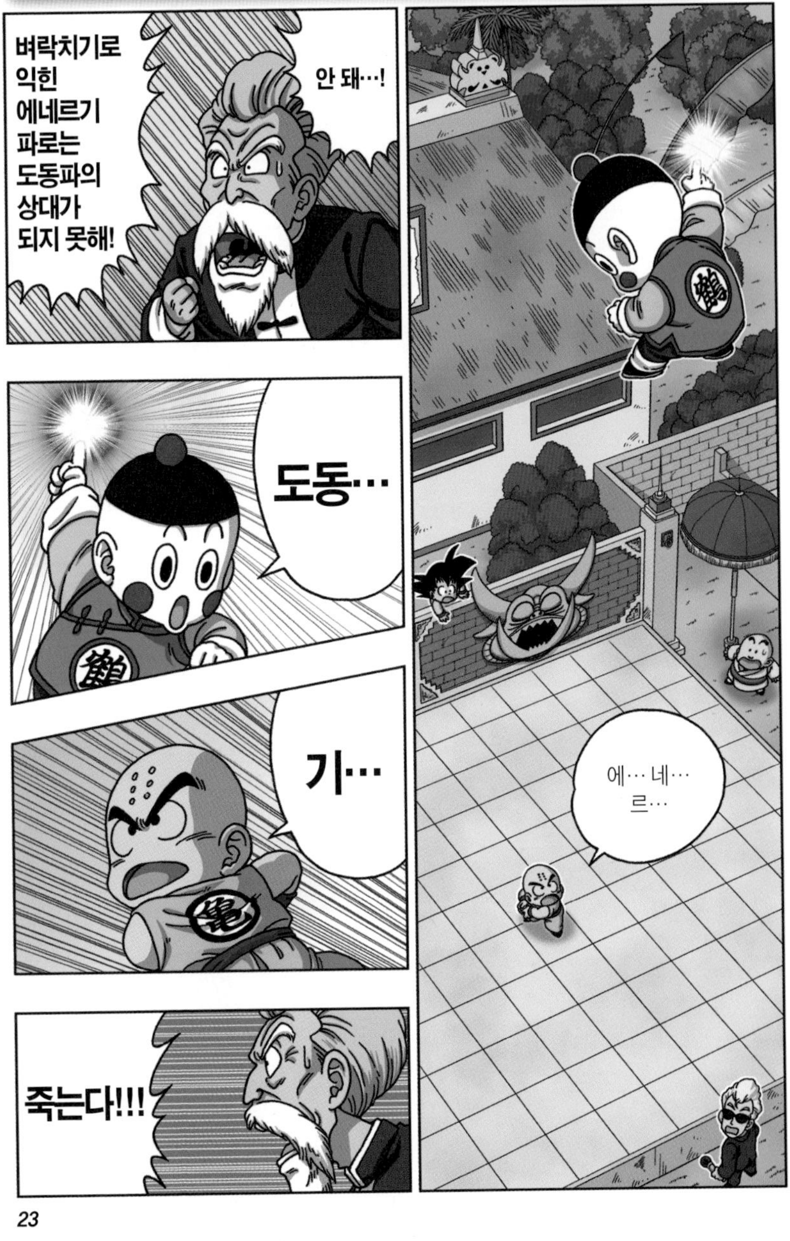

에… 네…
르…
안 돼…!
벼락치기로 익힌 에네르기파로는 도동파의 상대가 되지 못해!
도동…
기…
죽는다!!!

파!!!!
파슈웅
지금
이다!!!
씨악

파슈아앙
콰앙
으악!!!
팟
어?!

파!!!!
!!
콰
앙

슈우——…웅
장외로 떨어진다!!
해냈다——!!!
어… 어떻게 된 거야?
떨어졌나…?
웅성웅성
에~ 지금 스태프가 확인하러 갔으니
여러분, 잠시 기다려 주십시오.
음~ 뭐…?
장외!!! 크리링 선수의 승리——!!!
와아
차오즈 선수는 '이날을 위해 산수 공부도 하고 왔는데…' 라는 말을 남기고 기절했다고 합니다!

격전이 펼쳐지고 있는 천하제일 무술대회도 제4시합까지 진행되어, 드디어 오공이 등장하게 되었지만….
그럼 제4시합을 시작하겠습니다!! 손오공 선수의 승리――!!!
그… 그럴 수가….
흐음? 벌써 내 차례인가…?
한 컷밖에 안 걸렸네요….
지금부터 준결승전인 제5시합을 진행하겠습니다!!
천진반 선수 대 잭키 춘 선수, 나와 주십시오――!!
결승
5
6
1
2
3
4
야무치
천진반
사나이늑대
잭키춘
차오즈
크리링
펌프트
손오공
와ー
와ー
와ー

와ー
자, 재밌는 대결이 되었습니다. 전 대회 우승자인 잭키 춘 선수와
압도적인 힘을 보여준 천진반 선수!! 주목해야 할 일전입니다!!
와 와 와
우둑 우둑
얼마나 대단한 솜씨인지
똑똑히 구경해 주지.
그럼
시작해 주십시오!!
헤헷! 저 녀석, 잭키 씨를 이길 수 있을 것 같아?
야무치 씨의 원수다! 먼지 나게 두들겨 맞아 보라지!!
아직 몰라….
응? 뭐가?

저 천진반이란 녀석, 말도 안 되게 강해….
어느 쪽이 이겨도 이상하지 않아.
그… 그래…?
차앗!!!
퍼억

슈욱
파밧
퍼벅
다닥
하앗!!
武
닥
닥

슈욱 슈욱
파바밧
다중
잔상권
인가!!

여기다!!!
뻐어억
스윽
콰아앙
!!
내 세 개의 눈은 속이지 못한다….
크크크….
나도 진지하게 상대해야지 안 되겠어.
과연 대단하구먼….

팟
파바바밧
오너라!!
노인이라고 봐주지 않는다!!!!
부오오오
이 손의 움직임이 보이나?!
저 손동작…. 저건 나의 팔수권…?!
이 아저씨는 누구야?
절대 아닐걸?

터업
저업
콰아
뻐억
후웃...

이… 자식~~!!!
탁
이런 노인이 있다니, 믿을 수 없어.
정체가 뭔지 모르겠지만, 실력은 학선인 님보다 위다…!
조~~용
아… 아….
흐아아아 ~~…!
엄청난 시합이야….
어찌 이런 녀석이 있을꼬…. 내 기술에 정통으로 당하고도…. 이 녀석, 예상을 아득히 뛰어넘는 힘을 가졌군….
후후후…. 역시 젊은이들의 새로운 시대가 온 것 같구나….

자네는
그 정도
실력을
지녔으면서
어째서
아직도
학선인
따위를
따르는가?
네놈이
알 바
아니다!
내 스승님을
모욕하면
가만두지
않겠어!
호오.
무슨 수로
가만두지
않겠다고?
매우 격렬한 전투가
펼쳐지는 잭키 춘,
천진반 전!!
승패의 행방을
전혀 알 수
없습니다!!!

지금까지는 진심이 아니었다는 건가?
뭣이?!
후후후 ….
좋아, 아주 조금만 진심으로 상대해 주지…!
슥
허세겠지! 쭉— 진심으로 싸운 주제에!
신학선류 태양권!!!!

번쩍
!!
으악!!
꺄악!!!
눈부셔!!!

1+1=2

제41화 손오공 VS 크리링!!!

번쩍
누, 눈이…!! 어디냐…?!
크윽!!
빠악
털썩…
죽이진 않으마. 죽이면 실격이니까.
하지만 영감님의 의식은 영원히 돌아오지 않겠지….
엄청난 공격입니다!!!
강렬한 섬광을 뿜어 앞을 보지 못하게 만들고 뒤통수에 날린 강렬한 무릎 치기—!!!

욱…. 크ㅇㅇ …!!
…이… 이럴 수가….
바… 방금 공격은 꽤 아팠다…. 노인을 공경하지 못할망정 …!
네… 네놈, 대체 정체가 뭐지…?!
자네는 그만한 기술을 어째서 올바른 곳에 쓰지 않나?
어째서 악의 길로 치닫지…? 네 실력이 우는구나! 학선인과는 인연을 끊거라!
있지, 아까 눈부셔서 아무것도 안 보였는데, 저 심판은 무릎 치기를 한 걸 어떻게 알았을까?
이런 위기의 순간에 무슨 태평한 소리야!!
그야 선글라스를 끼고 있었으니까지!
저 색안경?
헤에 ….
저걸 쓰면 눈부시지 않는구나 ….

밝게 웃으며 세상을 유유자적하는 삶이더 즐겁다 말하는 것일 뿐!
난 딱히 대단한 소릴 한게 아니야.
자꾸 닭살 돋는 소리만…!
안이한 그림자 길에서 벗어나!!
햇볕이 가득한 세계로 달려 나가거라!!
천!! 저 영감은 거북선인이다!! 거북선인이 변장한 게야!!!
그렇구나! 그런 거였어!!
알았다!!!
사람들에게 미움받으며 지내는 게 좋나?
아니면 학선인 처럼
다른 사람들에겐 비밀이네.
들켰구먼….
그런 거였나….
그렇군….
밝은 길을 걸으며 큰 인물이 되게!
게다가 싸워보고 알았어. 자네는 악인은 되지 못해.
자네와 자네의 실력이 아까워서지.
하지만 내가 학선인과 사이가 안 좋아서 하는 충고가 아니네.

닥
앗!!
이제 난 다시 유유자적하게 살아야 겠구먼.
폴짝
뭐라고?! 아직도 그 소리냐!
이런 젊은이들이 나타나길 기다리고 있었지.
자, 장외…!!
영차.
천진반 선수의 승리입니다…!!
어?!
뭣이?!
그야 제대로 붙었다가 지는 게 싫어서겠지! 비겁한 녀석 같으니.
저자는 아직 실력을 다 발휘하지 않았어….
아냐.
어째서지?! 어째서 일부러 진 거냐!!
룰룰 루루~.

자—— 앞으로 어떤 시대가 오려나…?
…….
그러고 보니 다음 대전 상대가 오공이었어!!
그, 그렇지!!
쿠-웅
우리, 정식으로 싸우는 건 처음이지?
…….
와, 와아~. 손에 땀을 쥐게 하는 경기였습니다…!! 이어서 여섯 번째 시합을 시행하겠습니다!!
천하제일 무술대회
이번 시합에서 싸울 선수들은 무려 둘 다 거북선인의 제자입니다. 크리링 선수 대 손오공 선수!!
와-
와-

와 와
두근두근해!! 나도 열심히 싸울 테니까 크리링도 힘내!
그, 그러게….
…….
와
양 선수, 올라와 주십시오——!!
아
오공!!!
봐주면서 싸우면 평생 원망할 거야!!!
응!
당연하지!
탁

와
와
그 뒤에 나도 많이 수련 했어.
분명 이길 수 있어! 해보자! 할 수 있어!!
있는 힘껏 갈 테니까 각오해!
그래! 너야말로!
와
와
와
죽지 마, 크리링!!
덤벼!!
사양할 필요 없다고 했…
뭐…? 죽어?!!
그럼 여섯 번째 시합을 시작하겠습니다!!
와
와

퍼억
휘악
하압!!!
팍팍
탓
부웅
타앗!!

얍!!!
!!
에
네
르
기
파!!!!
콰
아
다
야
어?!

슈우웅
퍼억
콰악
빙그르르르

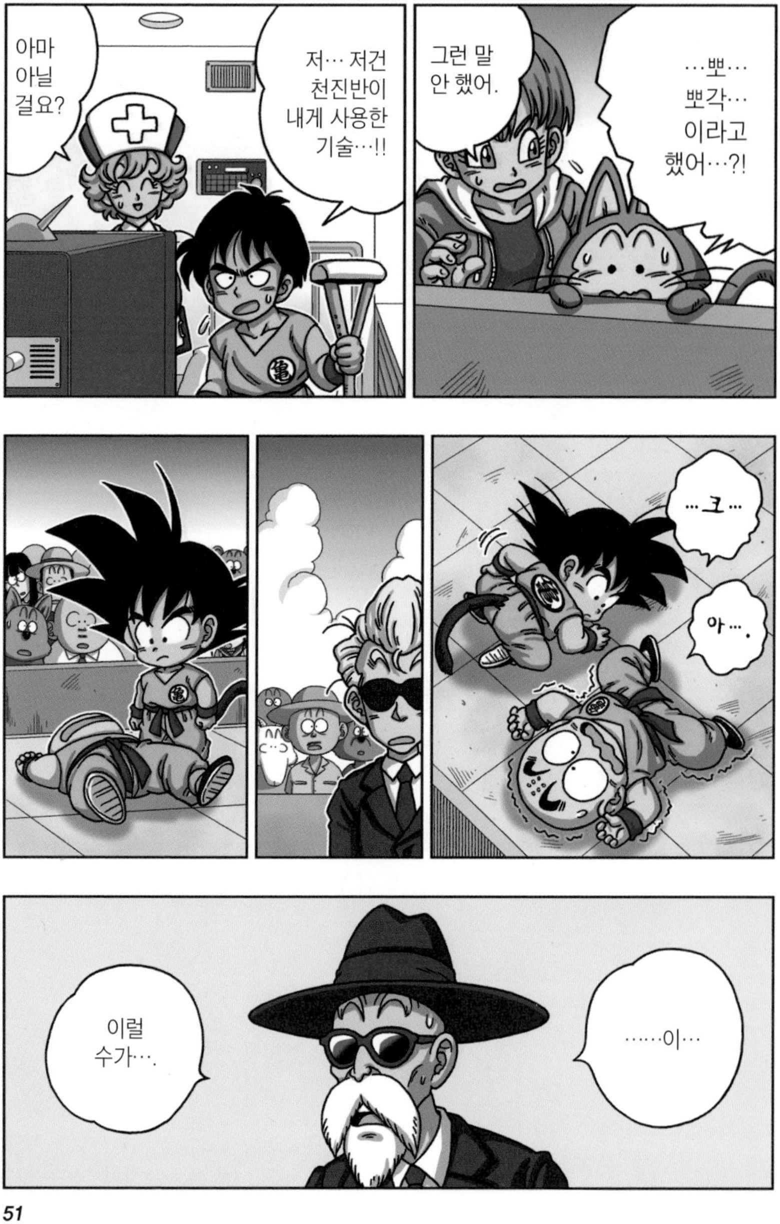
저… 저건 천진반이 내게 사용한 기술…!!
아마 아닐 걸요?
…뽀… 뽀각… 이라고 했어…?!
그런 말 안 했어.
…크…
아….
……이…
이럴 수가….

크, 크리링 선수, 다운 입니다…!!
원
투
쓰리…
저, 저 녀석, 싸움에 익숙하다…!
그보다 동료를 보는 눈빛이 오싹해!!
파
아야야 야야…!!
그게 친구를 보는 눈빛이야…?
오오~
이, 이거 대단합니다!! 크리링 선수, 일어섰습니다!!
그렇게 나와야지!
천하제일 무술
재, 재밌는 공격이네…!
헤헤헤 헤헤~….

…말은 그렇게 했지만, 오공 녀석, 단순히 강하다는 수준이 아니야!
정면에서 싸우면 승산이 없다….
좋아!!
이기는 길은 하나 뿐!!
오공!!
이번에야 말로 각오해!!
에…
네…
르…
기…
하지 마, 크리링!
내게 에네르기파는 통하지 않아! 체력만 괜히 낭비할 거야.

콰아
파!!!
펑
엉
팟
어?!
소용
없지?
봐!
슈우웅

사삭
!!
해냈다!!
아!!
꽈악
머리를 썼구나, 크리링.
호오!
약점…?!
미안하다, 오공! 약점인 꼬리를 잡았어!! 네 패배야!!

어떠냐, 오공!! 꼬리만 잡으면 끝이지!! 승부가 났다!!
꾸유유육
윽!!!
오호라. 확실히 이걸로 승부가 가려졌군….
좋은 시합이었는데 맥없이 막이 내렸구먼.
아….
아….
비실 비실…
앗——! 손선수, 다운입니다!!
철퍼덕
대체 어떻게 된 걸까요?!

원… 투…
꼬리라…. 저 꼬마에게 엄청난 약점이 있었군.
그렇다면 결승전 상대는 저 크리링이란 녀석인가….
낙승이겠어. …후후후….
파이브…
식스…
세븐…
에잇…
술렁 술렁…
나잇…
이겼다!!!
격렬한 전투 속에서 크리링의 두뇌가 빛을 발했다…!! 자, 승부의 행방은…?! 다음 화를 기대하시라!!!

내 등장이 한 컷밖에 없다니….
좌절할 것 없어. 그런데 꽤 멋진 헤어스타일이군….
팔수권에 관심 없나?

제 42 화
천하제일의 하이퍼 배틀!!

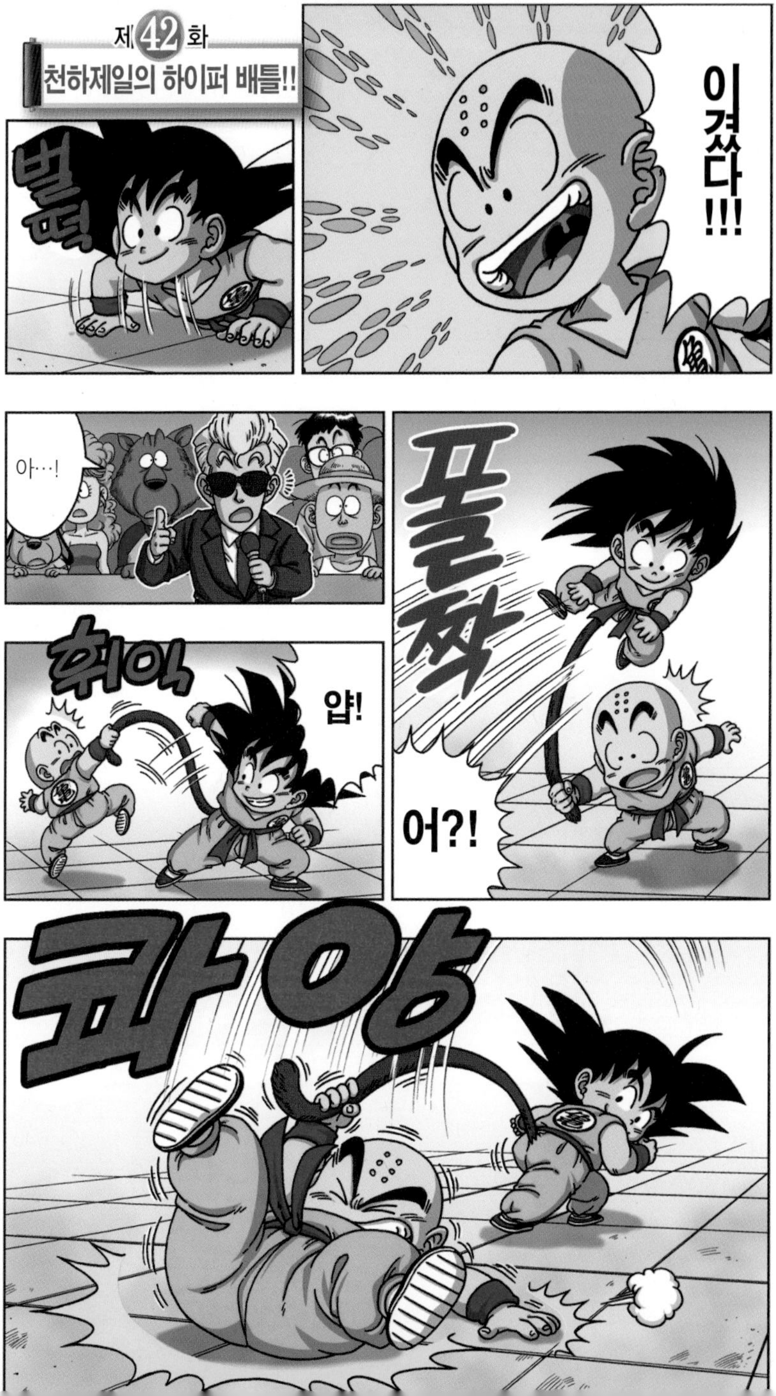
벌떡
이겼다!!!
아…!
폴짝
어?!
휘익
얍!
콰앙

아야야야…!!
헤헤~!
안됐네요~!
나, 3년간 꼬리도 열심히 단련했어!!
거북선인 할아버지가 단련하라고 했었잖아. 그래서 이젠 누가 꼬리를 잡아도 괜찮아!
거… 거짓말….
단련하느라 얼마나 고생했는데!
크, 제길….
아까 꼬리를 잡았을 때 힘이 빠진 게 연기였다고…?
오공!!!
봐주면서 싸우면 평생 원망할 거야!!!
앞 회의 크리링
쓸데없이 명연기를 펼치다니…. 그러다 조만간 근두운에 못 타게 될걸…?
뭐? 아~…. 역시 아직은 꼬리가 약점일지도?

응?
어?!
네가 그렇게 나온다면….
빠아앙
좋—아!!
그럼 나도 조금 더 진짜 실력을 발휘 해야겠다!!
비, 비겁해….
네가 할 소리냐!!!
이것도 호감을 올리기 위한 연기는 아니겠지…?
힐끔 힐끔

사…
사라
졌어?!
!!
후욱
오오
이, 이럴 수가!!
대, 대체 어떻게 된 걸까요…?!
손 선수,
모두가 보는 앞에서
홀연히 사라져버렸습니다!!
천하제일 무술대회
이, 이게
무슨?!
사라진 게
아니다.
보이지
않는 거지!!
번쩍
마, 말도
안 돼…!!
타다다다다닥
뭐지?!
이
소리는
뭐야?!

내게도 흐릿하게 밖에 보이지 않는데 다른 놈이 볼 수 있을 리 없지!!
타다다다다다다…닥
상식을 넘어선 맹렬한 속도로 좌우 풋워크를 하고 있다…!! 서서히 다가오면서…. 다리가 엉키면 장외로까지 날아가겠어…. 다리를 걸 순 없으려나….
이 연속음은 놈이 땅을 차는 소리다…!!
타다다다다다닥
히약!!!
메롱

슈우욱
으악
——!!
털썩
아!
…….
자…
장외….
손 선수의
승리…
입니다….
해냈다!!
싱거운
결말
이군요….
갑자기 나타난
손 선수에 놀라
크리링 선수가
장외로 떨어져
버렸습니다.

재미없는 승부였어….
그렇게 대단한 시합이었는데, 마지막엔 싱거웠네….
에이, 뭐야….
…….
욱신 욱신…
저 손오공이란 꼬마는 모습을 드러낸 찰나의 순간에 수도를 8번이나 날렸다…. 심지어 장외에 떨어질 때 관객이 크리링에게 실망해버릴 만큼 약한 위력으로…. 무시무시한 녀석이다….
뭐가 싱거운 결말이란 거냐…. 멍청한 문외한은 알 리 없지.
헤헤헤~. 미안. 내가 이겨 버렸네.
쳇, 너도 확실하게 성격 안 좋다니까….
나도 네 실력에는 상대가 되지 않았네. 그런데 어떻게 한 거야? 사라지질 않나 갑자기 튕겨내질 않나….
나중에 너도 알려 줄게.
자, 여러분. 드디어 천하제일 무술가가 정해지려 합니다!!
결승전 입니다──!!!

와아아
제22회를 맞이한 천하제일 무술대회, 세계 각지에서 모인 달인 총 182명 중 예선을 통과한 자는 고작 여덟.
그리고 시합이 진행되어 드디어 결승전에 남은 것은 둘!! 천진반 선수와 손오공 선수입니다!!
아
손오공
펌프트
크리링
샤옷츠
잭키 춘
산남이늑대
천진반
야무치
그럼 지금부터 제22회 천하제일 무술대회 결승전 시합을 시작하려 합니다!!
준비되셨습니까?!

스-...
사삭...
쵸~용...
시작!!!!
타앗

또, 또 사라졌습니다!!!
후욱
하파파파팍
파파파파팍...
여기군!!!!!

퍼어억
너도 날…,
그런 애들 눈속임이 크리링 외에도 통할 것 같으냐!!
!!
부오오오오오
파바바박

오, 오공!!
어, 엄청난 공격이군…! 마치 기관총 같아…!!
크크 크크.
빠 악
크크크. 저 꼬마는 죽었군….
그… 그걸 할 생각이군요…!
비장의 기술로 숨통을 끊어주마!
뭐… 뭘 할 생각이지…?

빙글
팟
배구권,
가요옹──!!!
가,
가요옹…?
엑.
어?

네에—
—엥♥
슈욱
원!!
퍼어억
투!!
터엉
파앗
하아아—
—압!!!

어택——
——!!!!
BAM!
콰앙
!!
죽었군
….
천…
나 조금
창피해
….

탁
씨익
팟
타악
뭣이!!
마, 말도 안 돼!!!
너, 정말로 강하구나.
나 놀랐어.
게다가 '가요옹~' 이라니, 실은 여자였구나.
팡팡을 안 해서 몰랐어.
아냐!!!

후, 후훗. 그나저나 맷집이 대단하군….
너라면 힘을 최대한 끌어내도 죽지 않을 것 같아. 힘껏 싸울 수 있겠다!!
웃기는군.
지금까지도 힘껏 싸운 주제에.
응, 시합용 파워로 그랬지.
시합용 …?
그럼 나랑 싸울 땐 더더욱 진짜 실력이 아니었다는 건가….
하지만 넌 날 죽이고 싶은 것 같으니까
나도 전투용 파워로 싸우겠어!!
손에 땀을 쥐는 결승전!! 그리고 드디어 진짜 파워가 부딪힌다…!! 다음 화를 기대하시라!!!

제 43 화 최후의 결전! 우승은…?!

뭐?
전투용…? 그럼 지금부터가 진짜란 뜻인가?
…정말로 대단한 녀석이군. 그렇다면 나도 전력으로 가겠다.
충고하지! 이 기술에 당하면 아무리 네 녀석이라도 확실하게 죽는다!!
그러니까 피해라!!! 알겠지? 피해야 한다!!!
그만둬라, 천진반! 죽고 싶은 게냐!!
여, 역시 그랬나!!
기공포다!!!
처, 천, 하지 마!!
피하라니….
괴, 괴상한 허풍이네….

기공포는 어마어마한 파괴력을 가진 기술이지…. 에네르기파보다 몇 단계는 더 강해….
하지만 그 강한 위력 때문에 에너지 소모도 심해서 죽음에 이르는 일도 있다고 한다…. 죽지 않더라도 수명은 확실하게 줄어들 게야….
알겠지? 정통으로 맞으면 네놈도 한 방에 죽는다!!
반드시 피해라!!
웃기지 마!
난 도망치기 싫어!!
멍청한 고집 부리지 마라, 오공!!
저 녀석 말대로 피해!!
그, 그런데 무천도사님. 그런 목숨을 건 기술을 펼칠 생각이면서…
오공에게 피하라니…. 저 녀석, 무슨 생각 일까요…?!
저 녀석은 무공술로 자유롭게 하늘에 떠 있을 수 있지…. 아마도 오공의 장외패를 노리는 것일 터….
네에…? 무… 무슨 말씀 인가요…?

간다!!
퍼업
하아아아아아!!
슈…
소… 손이 흐릿하게 빛나고 있어….
몸속의 기를 손에 집중 시키는 게다….
어…
엄청난 기야…!!

타깃은…
무무대다 …!!
여기서 모든 기를 사용하면 내 힘이 바닥나고 만다….
어느 정도는 기를 남겨둬야 해….
기공포!!!!
슈욱

어?!
피하거라, 오공!!!
신이 시여!!!
번쩍
천하제일 무술대회

하아
하아
바… 방금 그건…?
앗!!!
무, 무무대가…
천하제일 무술대회
武
없어!!!!
여… 역시 어마어마한 파괴력이로군…. 에네르기파에 비할 바가 아니야…!
오… 오공은?!
오공이 없어!!! 같이 날아가 버렸나 봐!!!!

아니,
살아 있다!!
기척이
느껴진다!!
저,
정말요?!
어디에?!
위다!!!
슈—웅
역시
대단
하군!!
그 한순간에
이런
상공까지
뛰어오르
다니!!
엄청난
기술
이야
…!!
피하지
않았으면
진짜로
죽었을지도
몰라…!!
찾았습니다!
저곳입니다!
까마득한
상공입니다!!
어느 틈에 점프한
걸까요?!
저 애,
도망 안 친다고
하더니
역시
도망쳤네—.
안됐구나.
이걸로
네 패배다!

넌 이대로 떨어질 수밖에 없지! 하지만 무무대는 이제 없다.
즉, 이 시합은 먼저 땅에 떨어진 쪽의 패배로 끝난다는 뜻…!
하지만 난 무공술로 자유롭게 날 수 있지….
승패는 명확하군.
…….
휘-잉
방법이 없구먼…!!
그런 거였구나!!!
내 마지막 공격을 받아 볼 테냐!
뭐라고?!

내 남은 힘을 전부 걸겠어!!!
자유롭게 움직이지 못하는 하늘에서 네가 대체 뭘 할 수 있지?!
너도 방금 기술로 움직임이 둔해 졌잖아?
에…
네…
하하하! 뭔가 했더니 여기까지 와서 에네르기 파냐!!
내겐 전혀 통하지 않아!! 최후의 발악이냐!!

하하하하하하!!
르…
안 돼!! 에네르기 파로는 저 녀석을 쓰러트릴 수 없다!!
그, 그래도 어쩌면 엄청난 에네르기파 일지도 모르잖아요!
아니…. 저 천진반이란 녀석…
위력과 상관없이 에네르기파 자체가 통하지 않아….
그… 그럼 만약 앞으로 적의 능력을 빼앗아 쓸 수 있는 강적이 나타나 천진반을 흡수하면 엄청난 위기가 오겠네요?!!
크으윽…
그, 그렇지. 흡수했다면 이기지 못했을지도 모르겠구나….
가…
빙글!!

뒤로 돌았어 …!!!
뭣이?!
파!!!!
콰아

콰아아
쿠오오오오오
아무리 너여도 하늘에선 재빠르지 못해!!!
!!
빠악
아, 아차 …!!

천진반 녀석, 기절한 것 같아!!!
이겼다! 이겼어!!!
해냈다!!!
하지만 공격한 손 선수도 같이 떨어지고 있습니다!!
이거, 어느 쪽이 먼저 떨어질지 모르겠군요!!!

쿠오오…오
그 시각…
크크크….
이 앞에 있는 무술대회장에 드래곤볼이 있단 말이지?
네, 대마왕님.
페이지 사정상 이 피콜로 대마왕님이 직접 쳐들어간다. 드래곤볼을 빼앗고 무투가들을 전부 죽여
세상을 악이 넘치는 멋진 암흑세계로 만들겠노라!!! 와―하하하하!!!
저, 저기~ 대마왕님…. 저게 뭘까요?
반짝
음…?
오오오…

쿠웅
흐…
흐아아
아아악!!!
으…!!!
카악!!!
나, 나의 아이야…. 언젠가 아비의 원한을 풀어다오…!
어, 어떻게 이런 일이…. 이 피콜로 대마왕님이 이런 바보 같은 죽음을 맞이할 줄이야….
콰아아—앙
윽!!!
그 시각…
여러분, 폭발한 비공선은 못 본 것으로 합시다!!
파숑
소, 손 선수 운이 안 좋네요!! 날아가던 비공선에 부딪혀 버렸습니다—!! 하지만 아직 어느 쪽이 먼저 지상에 떨어질지는 알 수 없습니다! 제가 확인하고 오죠!!
오오—
와—!
휘—잉

뭔가 본 적 있는 곳 같은 기분도 들지만….
살아남은 사이어인을 모으기 위해 이런 변경까지 오게 되다니, 운이 없네….
하….
반짝
와— 하하…
세세한 건 신경 쓰지 말자. 기다려라, 나의 동생 카카로트!!!
?!
콰아앙

저기~…
어째서인지
지구로 가는
궤도가
어긋나버렸는데,
나 좀 구하러
와 줄래…?
지금은
바쁘니
10년 뒤에
가마.
도움
안 되는
이런 녀석은
이제
필요 없어.
흐아아아악!!!
이렇게
누구에게도
알려지지 않은 채,
사이어인의
마수로부터
지구의
위기를 구한
비행물의 정체는…
피콜로
대마왕이
죽기 전에 남긴
분신의
알이었다….
평화 싫어!
머리 아파!!
아야야
야야….
벌떡
…그래서
결국 누가
이겼어?
불룩
제 차에 치인
저 소년이 먼저
떨어졌어요.
천진반
선수
우승
—!!!
무술대회 도중에
앞으로 싸워야 할 강적들을
노도처럼 쓰러트린 오공!!
하지만 아직
끝나려면 멀었다!
조금만 더 계속된다!!
다음 화부터
어른이 된
오공의 이야기…
Z급의
드래곤볼 SD를
기대해 주세요!

아무리
그래도
생략이 너무
심하잖아!!!
맞아
맞아

제 44 화 형과의 재회?! 그리고…

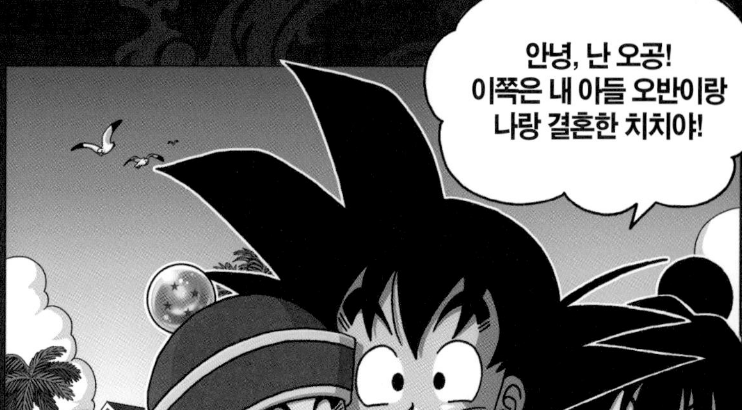
안녕, 난 오공!
이쪽은 내 아들 오반이랑
나랑 결혼한 치치야!
KAME HOUSE
머어—엉…

천하제일 무술대회로부터 수년…. 오랜만에 거북 하우스에 모인 오공과 친구들. 그런데…
그 오공이 자식을 데려올 줄이야…. 이거 놀랍구먼.
아이 만드는 법은 알고 있었을까…?
야성이야!! 야성의 감이 분명해!!!
KAME HOUSE
?
저, 저기 오공. 그 애도 너처럼 강해?
힘은 상당한 것 같은데….
오싹
!!
부릉
뭐, 뭐야?! 왜 그래, 오공…?
무언가가 이쪽으로 오고 있어!
무언가 가…!!
뭐…? 무언가가 온다고?
야무치 인가…?
야무치 씨일 리가요….

어… 엄청난… 엄청난 파워가 느껴져…!!!
대… 대체 뭐지…?!
왔다!!!!
앗!!!
오싹
타악

후후후…. 성장했구나…. 하지만 한눈에 알아봤다, 카카로트….
아버지를 쏙 빼닮았어….
엥?!
이… 이 녀석 뭐지?
뭐 저런 세기말 복장을 하고 있어…?
후후후…. 어째서인지 우주선의 궤도가 변해
글썽
우주를 방랑하길 수년…. 드디어 지구에 도착했다!!
앞 화 참조
네 녀석은 이 별의 인간 따위가 아니다!! 긍지 높은 우주 최고의 전투 민족 사이어인이지!!!
자, 형인 나 라데츠와 함께 가자, 카카로트!!!

!!
당신, 어디 사는 누군지 모르겠지만, 집에 가! 훠이, 훠이!
나 참…. 대낮부터 이렇게 주정을 부리다니.
술에 취하지 않았다!!
우리 전투 민족 사이어인은 환경이 좋은 별을 찾아내 그곳에 사는 자들을 멸망시킨 뒤, 살기 적당한 별을 찾는 외계인에게 비싸게 파는 일을 하고 있지.
하지만 사이어인의 고향인 혹성 베지터가 거대 운석과 충돌해 폭발해버렸다…. 사이어인 대부분이 우주의 먼지가 되어 사라졌지….
살아남은 사이어인은 너를 포함해 고작 넷밖에 되지 않는다!
다른 만화와 애니메이션 등에서 네 명 정도 늘어나 총 여덟 명쯤 되기도 하지만, 그래도 적은 수지!!
꽤 있네….

자, 같이 가자, 카카로트!!!
즐거울 거다!!! 사이어인의 피가 끓어오르지 않나?!
멍청한 소리!! 죽어도 그런 짓을 도울까 보냐!!
후… 그렇군….
아까부터 신경 쓰였는데,
뒤에 있는 건 네 자식인가?
아, 아냐!!!
시치미 떼도 소용없어.
저 꼬리는 뭐지? 사이어인의 피를 이었다는 증거 아니냐.
아비인 네가 영 말귀를 못 알아들으니
네 아들을 잠시 데려가도록 하마….

잠깐!!!
어?
응?!
……!!!
누,
누구…?
피콜로
다!!!
그렇다.
난 네놈과의
교통사고로 쓰러진
피콜로 대마왕의
환생!!!
아버지의
원통함을
풀기 위해
오늘 네놈을
죽이러 왔다!!!

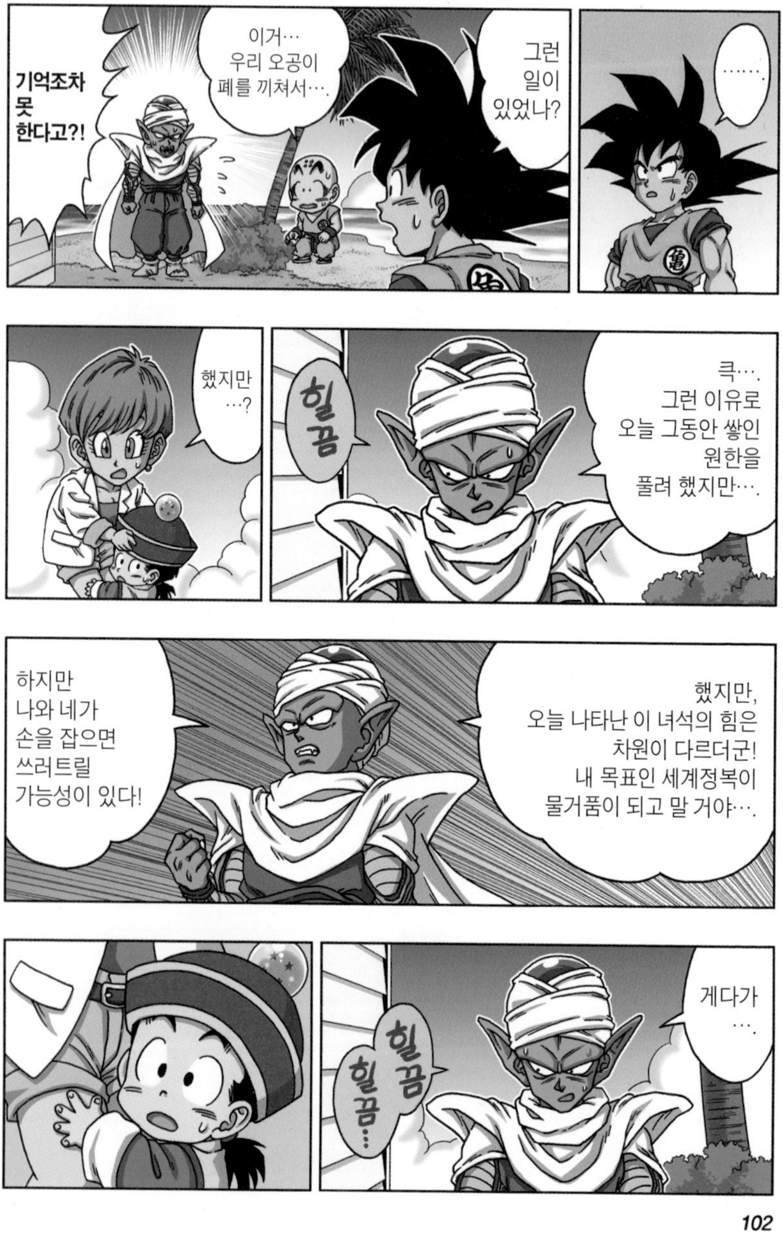

기억조차 못 한다고?!
이거… 우리 오공이 폐를 끼쳐서….
그런 일이 있었나?
…….
큭…. 그런 이유로 오늘 그동안 쌓인 원한을 풀려 했지만….
힐끔
했지만 …?
했지만, 오늘 나타난 이 녀석의 힘은 차원이 다르더군! 내 목표인 세계정복이 물거품이 되고 말 거야….
하지만 나와 네가 손을 잡으면 쓰러트릴 가능성이 있다!
게다가 ….
힐끔 힐끔…

심쿵
착각하지 마라….
평화에 눈을 뜬 건 아니니까. 네 녀석의 아들 따위는 아무래도 좋아….
하지만 내 모성 본능이 이 아이를 지키라고 속삭이고 있으니 딱 한 번만 손을 잡아주마.
모성 본능이 있어?!
네 녀석과 손을 잡고 놈을 쓰러트린 뒤에는…
당연히 네놈을 쓰러트리고 세계를 손안에 넣을 거다!
그렇게 둘 것 같아…?
그렇게 두진 않겠지만, 우리가 손을 잡자는 것까진 좋은 생각이야….
피콜로, 너…
생긴 것과 달리 좋은 녀석이구나…. 얼굴빛은 꼭 민달팽이 똥 같지만.
확 죽인다?

같이 싸우기로는 했지만, 작전은 있어?
그래…. 네 녀석을 죽이고자 개발한 필살기가 있다….
하지만 그 기술은 기를 모으는 데에 시간이 조금 걸려…. 그동안 네 녀석이 놈과 혼자 싸우며 시선을 끌어다오…!!
중얼 중얼…
크크크, 얌전히 듣고 있었더니 웃기는 구나!
이런 걸 보고 분수를 모른다고 하지!!
열심히 버텨 봐라…!
알았어! 기대할게!!
한번 막아 보겠어!
마관 광살포!!!
팟!!
가야

퍼억
퍼버벅
하아아압
…!!!
빠어억
KAME HOUSE

죽어라 !!!
크윽 …!!!
휘익
쿠웅
삐
크! 들켰군…. 기를 모아도
피하면 의미가 없어…!!
이 녀석, 전투력을 손가락 끝 한점에 집중시켜 힘을 자유자재로 조종하고 있나…!!!

와락
이, 이 자식…!!!
무, 무슨 짓이냐…!!
크… 큭!!!
피콜로, 망설이지 말고 공격해——!!!

헤헤….
나도 같이 죽어 주지…!!
멍청한 녀석! 이렇게 달라붙어 있으면 네 녀석도 무사하지 못해…!!
이거 놔라, 카카로트!!!
318
KAME HOUSE
오, 오공—!!
너… 널 쓰러트리려면 이 방법밖에 없어…!
뭐, 뭐라고?! 이, 이 녀석, 제정신이냐…!!
애초에 네놈만큼은 네 동료들이 드래곤볼로 부활시키겠지….
손오공, 난 사양 따위 하지 않는다….
네 녀석도 같이 사라지면 나로선 금상첨화지!
자, 잠깐——!!!!
싸 버려——!!!!
亀

쿠오오오
받아라,
마관광살포
!!!!!

털썩
쿠웅
…헤헤…!!
크…!!! 비… 빌어먹으으을 …!!!!

아득히 먼
우주….
라데츠
녀석…
죽었군….

서… 설마 카카로트 녀석이… 자기 목숨을 버려서까지….
멍청한 놈. 손오공은 바로 부활할 수 있다.
뭐… 뭐라고…?!
이 별엔 드래곤볼이라는 좋은 물건이 있거든….
그것에 소원을 빌면 어떤 소원이든 이루어지지. 죽은 자의 부활마저도….
제… 제… 제길…. 이… 이 내가… 이런… 놈들에게, …다… 당하…다니….
제45화
손오반과 피콜로 대마왕
내… 내가 당한 걸 알면 반드시 이곳에 올 거다…. 그 둘은 날 훨씬 뛰어넘는 전투력을 가졌지…. 후… 후후…. 도착은 고작해야 1년 뒤려나….
빌어먹을…. 하, 하지만 좋은 정보를 들었다.
지… 지금까지의 상황은 전부 아… 아득히 먼 우주에 있는 내… 내 두 동료에게 통신으로 전달되고 있다….
네놈들은 어차피… 버러지에 불과해…. 크흑.
차… 찰나의 기쁨이었군….
더… 더 강한 전사가 둘?
…1년….

나 참. 한심한 녀석 이야….
고작 전투력이 1000 조금 넘는 놈에게 죽다니….
어떻게 할 테냐. 이 별은 뒤로 미루고 갈까…?
흥미로운 말을 했지…. 드래곤볼 이라….
어떤 소원이든 이루어 준다고…?
질겅질겅
좋아, 가자!
라데츠를 부활시킬 거지?
웃기지 마.
도움도 안 되는 그런 녀석은 이제 필요 없어.

우리가 이대로 늙는 일 없는 영원한 수명을 달라… 는 건 어때?
영원히 전투를 즐길 수 있다고.
오호라…. 그거 좋은데?!
자, 그럼… 오랜만에 푹 자볼까?
1년 뒤가 기대 되는군.
휭 휭
오반 군은 괜찮아.
충격으로 기절한 것 뿐이야….
그런가…? 불행 중 다행 이구먼….
오공!! 오공!!
너답지 않아! 정신 차려!!
크, 크리링…. 죽는다는 거… 꽤 시… 싫은 거구나….
걱정 마. 금방 부활시켜 줄게….
헤, 헤…. 부…탁 할…게….
츄욱!!

사라 졌어!!!!
후욱
앗!!!
오공….
…….
그 녀석, 손오공을 이용해 시시한 계획을 세우고 있군….
이런 걸 할 수 있는 건 그 녀석 정도지.
어?!
신 녀석의 짓이야….
그렇군….
그런데 피콜로…. 자네는 이제 어찌할 생각인가?
그… 그래도 신님이면 안심해도 되겠지….
어, 어떻게 하려는 걸까…?
손 군의 시체를 신이?!
하지만 손오공의 아들은 내가 맡겠다.
네, 네놈들은 드래곤볼을 찾아라. 신 녀석도 생명을 부활시킬 정도의 힘은 없으니까….

1년이 지나면
이 꼬마와 함께
네놈들의
집으로
가겠다.
손오공이
부활하면
기대하고
있으라고
전해다오.
아,
알았다!
너, 너
잡아먹을
생각이구나
…!
잡아
먹기는
!!!
그 꼬마는
훈련하기에
따라
강력한
전사가
될 거다.
1년 뒤에 올
두 사이어인을
격퇴하려면
그 녀석의
힘이 필요해.
그러려면
내가
단련시켜
줄 수밖에.
……
난 몰라!
난 몰라―!
저… 저 녀석,
죽을 거야.
운이 좋아도
비행 청소년이
될걸…!!
휫잉
아…
아…!
저승…
…그래서
수련을 시키고자
육신을 가진
채로 찾아뵈었
습니다.
염라대왕님,
부디 이 녀석을
계왕님께
데려가는 걸
허락해
주십시오.
피콜로랑
똑같이
생겼네….
지구의 신

음~. 그렇구만…. 손오공이라…. 확실히 공적은 훌륭해.
천국에 갈 수 있는데도 굳이 위험을 무릅쓰고 뱀의 길을 지나 계왕님을 만나러 가겠다고?
염라장
염라대왕
네.
그리고 오공은 신님과 염라대왕의 안배로 우주에 있는 모든 신의 정점이라는 계왕을 급히 찾아가게 되었다….
그 사람이 정말로 우주에 있는 모든 신의 정점이야?
윽…. 현시점에서는 우주에 있는 모든 신의 정점입니다.
1억 년에 한 명꼴로만 끝에 도달한다는 뱀의 길…. 과연 오공은 무사히 도착할 수 있을까…?
헛둘
헛둘
풍덩
그만 깨어나라, 손오공의 아들.
첨벙!
휘이….잉
그리고 …

보글보글…
푸하!!!
콜록!
콜록!
할 얘기가 있으니 물 밖으로 나와라.
히익!
아까 본 초록색 사람…!!!
아, 아빠—! 어, 어디 있어—?!
첨벙첨벙
살려 줘—!!
칫. 망할 꼬마 같으니. 손이 많이 가는군!
첨벙 첨벙
으악!
아——!!
울지 마!!!
으앙~~~!! 으앙~~~!!
내 이야기를 잘 들어라.
일단 네 아비는 죽었다!
너도 조금은 기억하겠지. 그 남자를 쓰러트리기 위해 희생되었다.

드래곤볼 이야기는 네 아비에게 들어 알고 있겠지? 오공 녀석은 분명 동료들이 그걸 모아 부활시킬 거다….
하지만 문제는 그게 아니야.
1년 뒤에 더 무시무시한 적이 둘 온다고 한다. 그렇게 되면 손오공이 부활해도 나와 녀석만으로는 전혀 승산이 없어!!
그래서 네 힘이 필요하다!! 수련해서 싸우는 법을 익혀라. 함께 이 지구를 지켜라!!
내 감이 맞다면 네겐 상당한 힘이 있다! 그러니 수련해서 그 힘을 끌어내 효과적으로 쓸 수 있게 되어라!!
거… 거짓말….
난 그런 힘 없는걸….
증거를 보고 싶나?
턱
무, 무슨 짓이야?!
히익, 히익~~!!

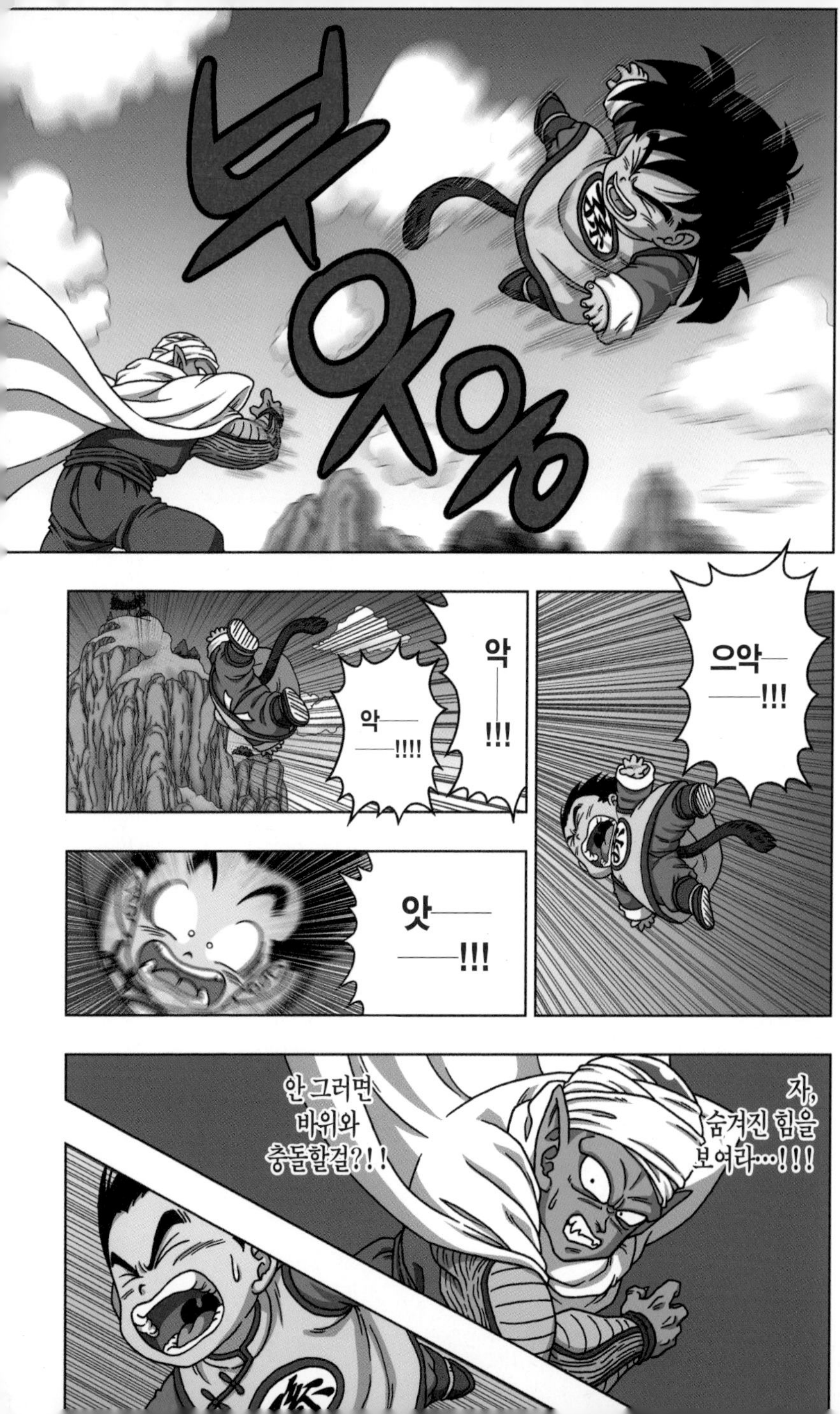
부웅
악——!!!
악——!!!!
으악——!!!
앗——!!!
자, 숨겨진 힘을 보여라…!!!
안 그러면 바위와 충돌할걸?!!

철써억
주르르륵
흐앙-
흐앙-
……
어, 어떠냐.
이제 알았겠지…?
네 맷집은 내 상상을
아득히 초월한다….
저…
정말?
그, 그래.
정말이다….
평범한 인간이었다면
즉사할 레벨
이었으니까
….

내가 보기에 네 잠재력은 상당하다….
하지만 그 힘을 자유자재로 발휘하지 못하면 이기지 못해.
내가 싸우는 법을 가르치며 최강의 전사로 만들어주마. 알겠지…?
하… 하지만 나…
아… 아빠가 부활할 거면 아빠에게 배우고 싶어.
흥, 안됐구나. 그 녀석은 확실히 강하지만 가르치는 건 적성에 맞지 않아.
남에게 전혀 엄격하게 굴지 못하지. 응석쟁이인 널 보면 안다….
그리고 언젠가 너도 알 날이 올 거다…. 내가 네 마음을 더 잘 이해해 줄 수 있다는 걸…!!
으드득
…지금 오반이 무슨 생각을 하는지 아나?!
분노 따위가 아니야!! 자신이 이렇게나 괴롭고 죽을 것 같은데 아버지가 왜 구해주지 않는가다….
?
↑이해 못 함
……
그… 그런데 수련… 이란 건 뭘… 뭘 하면 돼…?
당장은 아무것도 안 해도 좋다.
그저 살아라.
어…?! 그, 그냥 살라고…?!
그래.
혼자 힘으로 이곳에서 무사히 살아남아 보도록.

네 힘을 믿어라. 그리고 그 힘을 효과적으로 끌어내는 법을 스스로 익히는 거다.
6개월이 지난 뒤에도 네가 무사히 살아 있다면… 싸우는 법을 가르쳐 주지.
그럼 난 가보겠다. 참. 여기서 도망칠 생각은 마라. 주변에 사막 지옥이 펼쳐져 있을 뿐이니까….
이곳이 천국으로 보일 정도의 죽음의 세계지….
자, 잠깐만!!
먹을 건 어디에 있어?!
욕실은?! 침대는?!
그런 게 있을 것 같나?
배가 불렀군….
팟
앗!!!!

으앙—
———!
거기 서
——!!!!
무섭단
말이야
——!!!!
혼자 두고
가지 마
———!!
!!
쿠우웅…
훌쩍….
쿠우웅…
무서워~.
흐앙~.
쿠웅
덜덜덜…
아…
아아…
아아아
….
크르르르!
크아아

쿠웅
으아아아악——!!!!!
쿠웅
이렇게 황야에 홀로 남겨진 오반…!! 과연 6개월 뒤에 무사히 살아남을 수 있을까…?!
그리고…
이리 오너라!!!
이리 오라고 했으면 이리 와야지!!!
누군데 이렇게 이상하게 사람을 불러?
끼익…
나다.
정말로 누구…?
야지로베 님이다, 멍청한 놈!!!
SD에선 첫 등장이지만, 원작에선 표지 책등에 두 번이나 등장한 드래곤볼에서도 손에 꼽히는 인기 캐릭터라고!!
CAPSULE

칫, 됐다. 내가 이 먼 곳까지 온 이유는
어떤 녀석에게 말을 전해달라는 부탁을 받아서야.
뭐?!
사정은 다 안다.
그러니까 너희와 야무치란 녀석… 천 어쩌고랑 차오즈…인가? 당장 오란다!
뭐? 모두 오라니….
어디에 뭘 하러?
듣고 놀라지 마시라.
무려 신님이 훈련을 시켜주신다더군!
나도 마찬가지고.
저, 정말?!
난 그렇게 강한 어쩌고 외계인과 싸우고 싶지 않다고 했는데…. 곤란하다니까.
아, 알았어!!
당장 모두를 찾으러 다녀올게!!

그런데 너,
*나랑 목소리가
엄청나게 비슷하네.
먼 친척 같은 건
아니지…?
아냐!!!
직업이 해적왕 이라거나…
그럼 간다.
난 분명 전했어.

*역주 : 크리링과 야지로베는 일본판 애니메이션 성우가 동일함.

아!
그리고
오공 녀석은
적이 올 때까지
부활시키지
말아 달라고
하더라.
CAPSULE
뭐?!
어,
어째서
…?!
그 녀석은
저승에서
수련
중이래.
곧 점쟁이
바바란 할멈이
올 테니까
자세한 건
그때 물어봐.
부오오….
이리하여
야지로베의 전언에 따라
크리링 일행은 1년 뒤에 올
사이어인들에 맞서 싸우기 위해
신님 밑에서 수련하게 되었다….

…이윽고
눈 깜짝할
사이에
6개월의
시간이 흘러…
야무치와 천진반 등은
손쉽게 찾아서 데려와
신님 밑에서 매일
혹독한 수련을 하며
땀을 흘렸다….
손오공은 6개월이 지난
지금도 여전히 뛰고 있다….
목표인 계왕님의 집엔 대체
언제 도착할 수 있을까…?
후아
하악
그리고
6개월이
지난 지금,
손오반은
지금 어떻게
하고 있을까…?!
무사히
살아남았을까…?!
결과는
다음 화를
기대해 주세요!!

타다다닥…
…….

제46화 계왕님과 마구잡이 수련!

피콜로에 의해 6개월간 황야에 남겨진 손오반. 그러나…
아구아구…
듬직하게도 무사히 살아 있는 것 같다…!
크르르…
?!
뭐야….
또 너구나…. 질리지도 않나?
크아—아—!!
팟

쿠오오오
휘잉 휘잉
이쪽 이지롱. 에베베베 —!
슈욱
콰아앙
그륵…
휘익
이번에도 고기 받아갈게!!
숭덩

화륵
너 조만간
꼬리가 다
없어지겠어.
치익…
타닥
타닥…
나중에 저 녀석
꼬리도 잘라서
남의 고통을
이해할 수
있을 만큼
재교육해
주지….
꼬리를 조금씩….
반년간 예상보다
불량하게
자라 버렸군….
흐, 흥….
조금은
나아진 것
같군….
그럼…
본격적으로
굴려
볼까…?
이 선택이 훗날
지구의 운명을
바꾸게
될 거라고는
아무도
알지 못했다….

한편, 손오공도 계왕님을 만나기 위해 6개월간 뱀의 길을 끝없이 달리고 있었다…. 그리고 드디어…
허억 허억
히익 히익
고… 곤란한걸 ….
이… 이 길은 어디까지 이어진 걸까…. 종점 같은 건 없는 것 같아….
이런 식이면 계왕님이란 사람을 만나기 전에 1년이 지나 버리겠어….
?!
해냈다!!!!! 도착했어——!!!
아앗——!!!!
꼬, 꼬리다!!!
…어라…?
아… 아무것도… 없는데…?
어?!
위쪽에 동그란 게 떠 있네….
저곳이구나!!
저곳에 계왕님이 있는 거야!!
만세——!!!!
파야

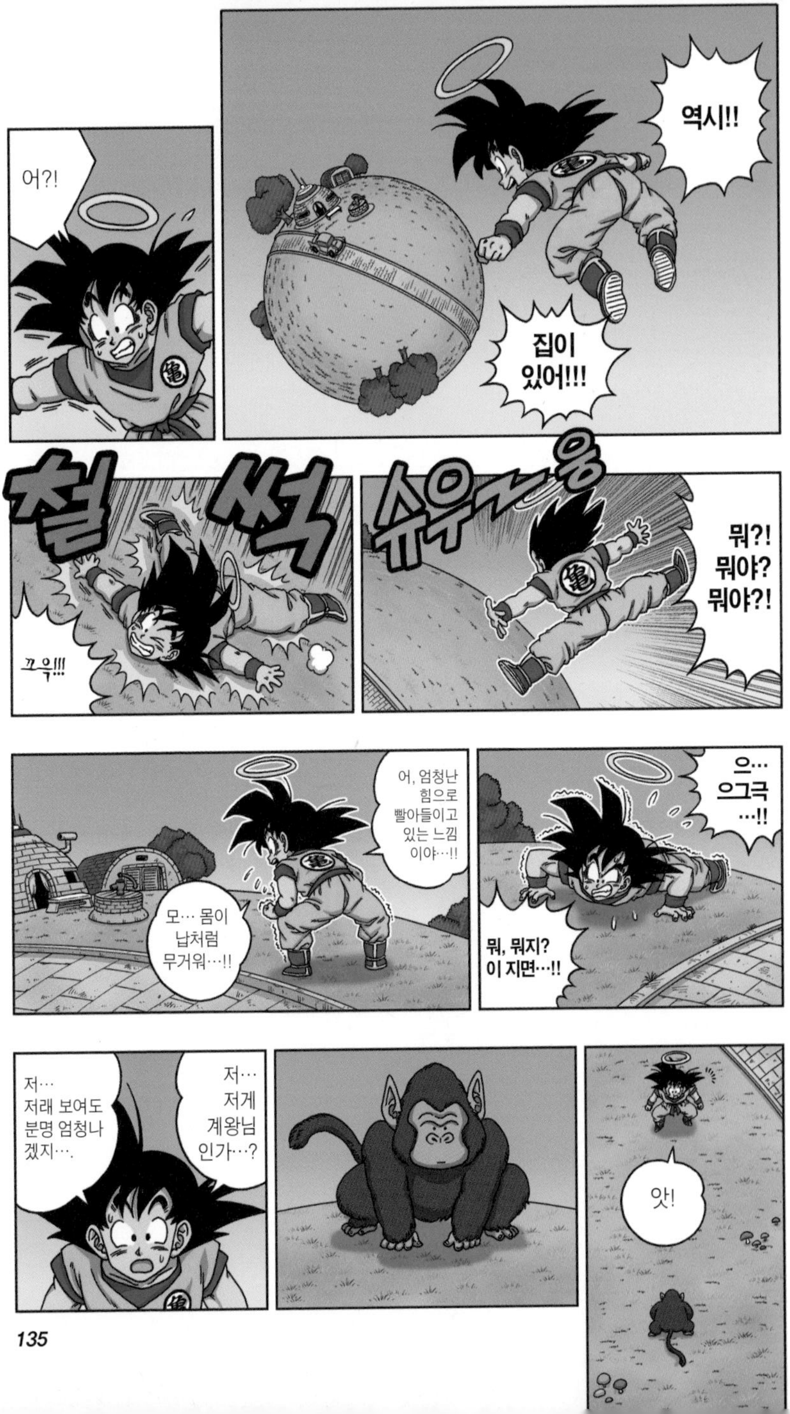
어?!
역시!!
집이
있어!!!
철썩
슈우~웅
뭐?!
뭐야?
뭐야?!
꾸욱!!!
어, 엄청난
힘으로
빨아들이고
있는 느낌
이야…!!
모… 몸이
납처럼
무거워…!!
으…
으그극
…!!
뭐, 뭐지?
이 지면…!!
저…
저게
계왕님
인가…?
저…
저래 보여도
분명 엄청나
겠지….
앗!

아, 안녕하세요. 전 손오공 입니다.
수련 좀 시켜주세요.
스윽
!!
버, 벌써 수련 시작 이구나!!
아—하하
우—호호
저 동작을 따라 하라는 거야!!
우… 우호호. 우호호 ….
화… 확실히 힘드네…!
계… 계왕님, 이, 이 땅은 어떻게 된 거야…?
우호호
우호호
우호호 …!!
우호호 …!!!
뭐 하는 거냐?
너.
어?
….
어… 어라?!
너… 넌…?
후후후…. 난…

벅벅….
음~~. 가렵 구만~.
가리~ 우어~
가이 와아….
계왕 이다!
어?!
그, 그럼 저 녀석은 …?!
저 녀석은 반려동물인 바부르스.
…….
우홋
하하…. 어쩐지 이상하다 했어….
이상한 건 너다.
그런데 뭐 하러 온 거냐?
아! 나, 나 계왕님에게 수련을 받고 싶어서…!
후후후…. 수련 이라….
시켜줄 수도 있지….
하지만 시험을 통과 해야 해.
개그 천재인 이 계왕님을
말장난 으로 웃게 할 수 있다면!!
뭐?!
내… 내가 말장난 을…?!
크크크…. 겁먹었나 …?
어지간한 레벨의 말장난이 아니면 난 웃지 않아!
끙~~ 끙~~
아무래도 헛수고 일 것 같구나….
자, 포기 하고 돌아 가라!!

사, 사과가
웃으면…?
풋사과!!!
두——웅
풋사과….
사…
사과가…
풉!
푸풉!
푸푸풉
——!!!
크…
크히히히
…!!
웃었다
!!!!
계왕님이
웃었어
!!!!
제…
제길~.
너… 너
보통 녀석이
아니로군…!
오호라,
프로
렷다?

좋아, 수련을 시켜주지!! 이미 각오했겠지만, 내 수련은 상상 이상으로 힘들다!!!
버틸 수 있겠느냐!!!
응!! 해볼게!!!
기왕 노릴 거면 우주 최고를 노려라!!! 천하제일을 노리는 거다!!!
육체와!!! 마음까지 전부!!! 알겠지?!!
알았어!!
좋아, 잘 말했다! 여기까지는 혼자 온 것 같으니 내가 천하제일의 솔로 코미디언으로 길러주지!!
목표는 제7우주 R-1 그랑프리 우승이다!!!
?
?

그리고 영원하고도
짧은 시간이 흘러,
드디어 두 사이어인이
지구 근처까지 왔다…!!
훠오오
흡!!
좋아! 괜찮아, 계왕님.
우…웅
그래, 그럼 간다.
이 커다란 벽돌의 초스피드를 잡아내는 거다!
응!

에잇!!!!
부웅
슈우우··웅
하이얏——!!!!
초스피드!!!
키——잉
앙
얍!!!
쿠콰아···앙

오오 …!!
이… 이렇게 간단히 ….
훌륭하구나, 손오공!
이렇게까지 멋지게 원기옥을 사용할 수 있게 될 거라고는 솔직히 생각 못 했어.
고생 했는걸.
원기옥은 풀과 나무, 사람과 동물, 더 나아가 사물과 대기에서 조금씩 나누어 받은 온갖 에너지를 집중시켜 발산하는 기술…. 이런 작은 별의 원기옥도 이만한 파괴력을 가졌지….
네가 싸울 지구는 이곳과는 비교도 안 되게 큰 곳이다. 그리고 거대한 에너지를 가진 태양마저 아군으로 삼을 수 있어….
원기옥의 파워는 어마어마하니… 자칫 잘못하면 지켜야 할 네 별까지 파괴해 버릴지도 몰라….
가능하다면 쓰지 말거라! 도저히 방법이 없을 때, 단 한 번의 사용을 허락하지….
알겠지 …?
응! 알았어.
괜찮아, 계왕권 만으로 어떻게든 할게!
자, 드디어 결전의 날이 다가왔군.
사이어인 들은 내일 지구에 도착한다 ….
앗!!

아차~~!!!!!
아!!!!
뭐, 뭐야?!
왜 그러는데?!
네… 네가 뱀의 길을 지나 돌아갈 시간을 계산하지 않았어….
계, 계왕님이면 날 쓔웅——하고 하계로 보내줄 수 있는 거 아니야?!
저, 저 길을 또 지나야 해?! 오, 올 때 반년이나 걸렸는데?!!
지, 지금의 너라면 이틀이면 도착할 거야!! 지구의 신에게 마중 나오라고 전해 두마!
그, 그래도 하루가 늦잖아!!! 다, 다들 죽을 거야!!!
투덜대지 마!! 나도 실수 정도는 가끔 한다고!!
자! 어서 지구의 동료들에게 드래곤볼이란 걸로 부활시켜 달라고 해!!

자, 소원을 말해라.
무엇이든 소원을 하나 이루어 주겠다….
저, 저기… 그… 그… 사이어인…이란 놈들을 무찌르고 지구를 구해달라…고 소원을 비는 건
여… 역시 안 되려나 …?
무슨 소리야! 너, 손 군을 죽은 채로 둘 생각이야?!
그, 그게 아니라 오공은 다음에 부활시키면 모든 게 간단히 끝나잖아!
그건 불가능하다….
난 신 님에 의해 태어났기에
신 님의 힘을 뛰어넘는 소원은 들어주지 못한다.
그, 그럼 사이어인들이 탄 우주선의 궤도를 바꾸거나 우주선 자체를 폭발시키는 건…?
그거라면 가능하다…. 그 사이어인들과의 힘 차이와 상관없으니까.
…하지만 그러면 스토리가 진행되지 않을 텐데 괜찮은가?
앗, 그건 곤란하려나….
맞아! 만약 내 운명의 상대가 타고 있으면 어떡하려고!!

그… 그럼
손오공 녀석을
부활시켜
주십시오.
그거라면
간단한
소원이지.
대…
대낮
인데…!
갑자기
어두워
졌어!!
!!
드디어
손오공이
부활하나….
…그렇다면
사이어인들이
생각보다
빠르게
도착할
거란 뜻…?!

후욱
오!
좋아!! 머리 위의 고리가 사라졌다!! 부활한 거야!!
어서 가거라!!!
응!!
알겠지? 적은 예상 이상으로 강력한 악당들이다!! 한순간도 방심하지 마라!!
이것저것 고마워, 계왕님. 최선을 다할게!!
그럼 안녕―!!!
우와―! 가벼워, 가벼워!!
폴―짝
몸이 솜털처럼 가벼워―!!!
감격하고 있을 때가 아니지!!!
서둘러야 해!!!
그리고 다음 날, 오전 11시 43분. 지구는 결국 두 사이어인의 침입을 허용하고 말았다!!!!

쿠아아ㅡㅡ앙
콰...앙

제 47 화
사이어인, 드디어 습격!!
뭐… 뭐지…?
무무… 무슨 일이 벌어진 거야…?
까… 깜짝 이야….
뭐가 떠… 떨어진 것 같은데….
웅웅…
여, 역시…!!
저, 저 동그란 게 떨어졌어…!!
이쪽에도 있어!!
MEZON 210
사… 사람이다!!!
사람이 나왔어!!!
킹…

겨… 결국 왔나…!!
무시 무시한 기야….
……!
처… 천…!!
칫….
생각보다 훨씬 빨리 왔어…!

술렁 술렁
저, 저 녀석들은 뭐지…?
정체가 뭐야…?!
지구라 했지….
그런대로 괜찮은 곳인데?
삑삑 시끄럽게 구는 병아리들에게 인사나 할까….
슈욱
쿠오오

팟
뭐, 뭐지?!
노, 놈들, 대체 무슨 짓을 저지른 거야!!!
푸하하하하!!! 인사가 좀 과했나?!
이 정도만 해 둬, 내퍼….
너무 날뛰면 이 별을 비싸게 팔지 못해.
그랬지!
참, 어떤 소원이든 들어준다는 무슨 구슬도 찾기로 했지 않았나?
드래곤볼이다.
일단 라데츠를 죽인 놈을 찾아 구슬의 정보를 캐낼까….
만약 이 근처에 드래곤볼이 있었다면 '우리에게 영원한 생명 달라'는 소원은 날아갔다는 거야.
네 하찮은 인사 때문에.
미, 미안. 까먹고 있었어.
일단 전투력이 가장 높은 녀석을 찾자.
그 녀석이 라데츠를 죽인 녀석일 테니.
삑

찾았다…! 묘하게 높은 반응 두 개가 한 곳에 모여 있군….
좋아——. 내퍼, 놀러 가주자고!
슈우웅
헤헤헤, 이거 좋은데?!
이 지구란 별, 중력이 유난히 낮아서 몸이 가벼워!!
!!
움직였다…!!
다른 두 개의 막대한 기가 느껴지는 방향으로 똑바로 가고 있어!!
천진반네 인가? 아니면 피콜로와 오공의 아들이 있는 곳…?!
온다…!! 놈들은 이곳으로 올 생각이야.
네!
차오즈!! 괜찮으니까 이곳에 남아 있어!!
싫어, 나도 갈래!! 모처럼 수련했으니까 갈래!! 천이랑 같이!!

오후 0시 20분….
새와 동물들이 심상치 않은 기운을 느끼고 이 지역을 떠나기 시작했다….
두려워 할 것 없다….
우린 1년 전과는 비교도 할 수 없을 만큼 강해졌으니….
네… 네!
!!
뭐지?! 저쪽에서도 무언가가 다가오는군.
이쪽으로 오는 녀석들이 그 밖에도 더…!!
사, 사이어인은 둘 아니었어?!
!
헉
사, 사이어인?!
탁
여어!
오랜만이다, 피콜로….
뭐야, 네 녀석이었나…. 후후후…. 이곳엔 무슨 볼일이지?!
방해라도 하러 왔나?!
앗! 아저씨는 거북선인님 집에서 본…!!

난 크리링이야. 잘 부탁해!
이곳에 왔다는 건 우리랑 같이 싸워주시려는 거군요!!
잡담은 거기 까지다.
왔어!!
!!
크크크…. 찾았군…! 한 마리가 늘어 강해 보이는 녀석이 셋….
아무래도 우리를 자――알 알고 있나 보군….
탁

오호라,
우릴 기다리고
있었나….
그렇다….
만약을 위해
묻겠는데,
네놈들…
이곳엔
대체
뭘 하러
온 거냐…!
그 목소리…
라데츠를
쓰러트린
놈이로군?
목소리
…?!
라데츠가
말하지
않았나?
이건
통신기
역할도
하거든.
저 녀석,
나메크
성인
이야….
그런 것 같군….
라데츠 녀석이
당한 게 그렇게
이상한 일은
아니었나….
?!

…피콜로, 너, 너도 외계인 이었어…?! 어, 어쩐지….
어쩐지라니?! 이 자식, 날 그런 눈으로 보고 있던 거냐?!
그, 그야 초록색 이잖아….
…나메크 성인…?
나메크 성인은 뛰어난 전투력 외에도 신비한 능력이 있다지…! 마법사 같은 짓을 할 수 있는 녀석도 있다고 들었어….
드래곤볼 이란 걸 만든 것도 네 녀석 이로 구나 …!!
그 드래곤볼 이란 걸 우리에게 넘겨라!
아무리 나메크 성인이어도 고작 한 마리로는 우리에겐 날벌레나 마찬가지니까.
헷, 안됐구나…. 구슬을 만든 건 내가 아니다….
난 싸우는 쪽 전문 이거든….
신 님….
모… 몰랐어…. 내가 외계인일 줄이야….
어쩐지 다른 사람들이랑 살짝 다른가—— 싶더라니….

그 옛날,
드래곤볼을 만든 건
확실히 나다….
하지만 처음으로
만든 것인데도
묘하게 그리운
느낌이 들었지….
아마 나메크성이란
별에도 누군가가 만든
드래곤볼 비슷한 게
있었겠지….
먼 선조의 기억이
남아 있던 거다….
신 님….
그럼
피콜로
대마왕은 왜
마족이라고
하고 다닌
거야?
마족에게 죽으면
저승에 가지 못하고
고통스럽게
세상을 떠돌게 된다는
설정은 뭐였어?
魔
부, 분명
피콜로
대마왕 녀석이
나메크성식
중이병
이었던
거겠지….
그렇지.
잠깐 이 녀석들의
실력을 구경해 볼까?
그러면
드래곤볼에 대한 것도
떠들 마음이 들 거야….
이봐, 내퍼.
재배맨이
여섯 알 정도
남았던가?
꺼내봐.
헤헤헤….
너도
장난이
심하다니까….
재배맨
…?
그…
그게
뭐야…?
뒤적
뒤적…

톡톡…
이 토양이면 좋은 재배맨이 자라겠어.
푹 푹
그래, 정확히 여섯 알이군.
좋아….
휙
뚝 뚝
슥…
불룩 불룩…
불룩
뭐… 뭘 한 거야…?
!!
쿠구구…..!

쿠엑…!
히익~!
기… 기분 나쁜 놈들이네~!
저 셋이 타깃이다.
따끔한 맛을 보여줘라, 재배맨!
이, 이 녀석들 상당한 힘을 가졌어…!
그런 것 같군….
어?!
!

타악
천진반!! 차오즈 까지!!
탁
어?!
여어! 내가 늦었지?
야무치 씨….
어?!
똑…

야무치 씨, 나막신 끈이 끊어졌어요….
뭐라고? 저, 정말이네…. 곧 전투인데 내가 왜 나막신을 신고 왔지…??
게다가 내가 도착하자마자 검은 고양이 무리가 몰려왔어….
뭔가 불길한 예감이 들어….
야옹
야옹
야옹
이거야 원. 저쪽도 우르르 몰려왔군.
왜 고양이를 저렇게까지…?
사이어인이란 건 둘 아니었나?
어쩌다 보니 늘어났어….
야옹
야옹
여섯 마리라…. 재밌군! 마침 재배맨과 같은 숫자….
이런 건 어떠냐!! 우리 쪽 병사와 순서대로 한 마리씩 싸워보는 거야.
게임이다!
게임이라고?! 같잖은 녀석들 같으니…!
그런 번거로운 짓 말고 단번에 승부를 내자!!

오공 녀석도 아직 오지 않았잖아!
자, 자. 어때서 그래! 우리에겐 잘된 일이야.
좋다. 나부터 시작하지.
자, 덤벼라.
파하하핫…!! 저 녀석, 재배맨이 얼마나 강한지 알면 놀랄걸?
…….
너부터 가라.
있는 힘껏 싸우도록. 알겠지?
처, 천! 파이팅!!
부릅
키에에엑

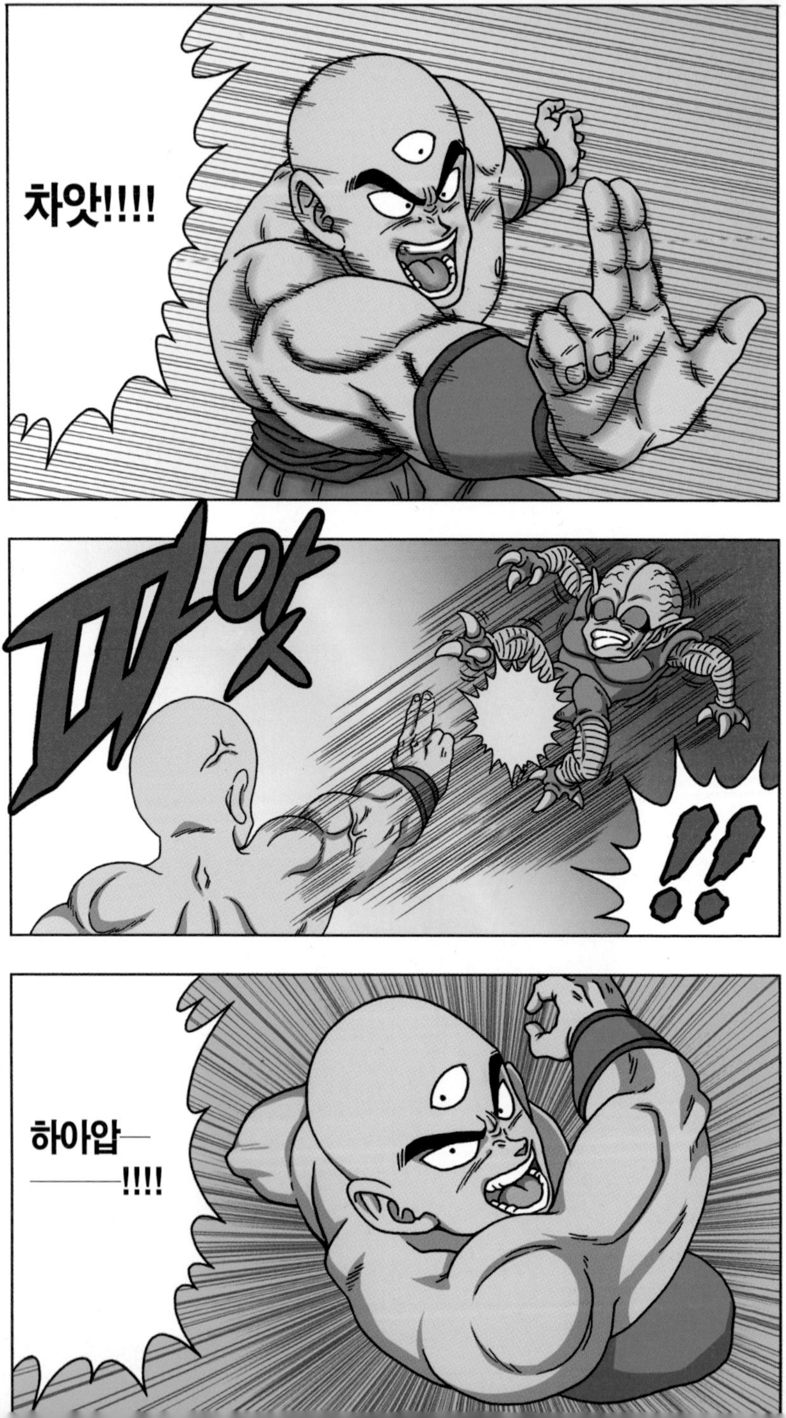
차앗!!!!
파앗
!!
하아압——
——!!!!

퍼어억
털썩…
……!!
이, 이럴 수가…!!
해냈다—!!
역시 천진반이야!!
후우.
크크크….
예상대로 조금은 재밌을 것 같아….

키…
키기…!
제 48 화
전사들의 사투!!!
마, 말도 안 돼…!! 재배맨의 전투력은 1200인데…!
파워만이라면 라데츠에 필적한다고…!!
놈의 전투력이 그걸 상회하는 거겠지. 단순한 계산이야.
하지만…!
키…!!!
천, 저 녀석이 일어났어!!
처억

펴엉
질퍽!
!!
무…
무슨…?!
베…
베지터…
어째서
…?!
더 해봤자
시간
낭비다.
저놈은
이기지
못해.
분명
말했을 텐데?
있는 힘껏
싸우라고….
게다가
저 재배맨은
처음에
저 녀석을
얕봤다….
뭐…
뭐 저런
놈이
다 있어…?
저…
저 사이어인….
괴물을 순식간에
가루로 만들다니….
엄청난 파괴력이다…!!

자, 다음은 누구지?
네놈들, 이번엔 처음부터 제대로 싸워!!
조, 좋아~.
내게 맡겨줘.
이런 놀이는 적당히 해야 한다는 걸 보여 주겠어.
야…
야무치 씨….
두근…
대단해…. 지금까지 이런 적이 없을 만큼 듬직해 보이고 빛나 보여….
사망
플래그
뭔가 글자 같은 게 보이는 건 기분 탓이겠지…?
자! 덤벼라.
헷, 건방 떨긴.
보여줘라!! 재배맨의 진정한 무서움을!!
킥!

훅
훅
사,
사라 졌어!!!
멍청한 놈!! 고속으로 움직이고 있는 거다! 기의 움직임을 잘 느껴봐!!
너 외엔 다 보고 있다!!
퍼업
두다다다다
퍼버버벅

슈웅
슈웅
탓
!!
크륵!!!!

팟
!!
후욱
콰쿠오아

콰ー…양
쿠오오
…이번 에도…?
이 괴물들은 네놈들 생각만큼 강하진 않은 것 같은데?
남은 넷도 나 혼자 처리 해주지….
탁

대…
대단해….
움찔…
크크크
….
이번엔
너희 쪽이
방심한 것
같구나….
뭐라고?!
와락
!!
앗!!!
히죽…
번쩍

콰앙
히죽
그래…
이래야지.

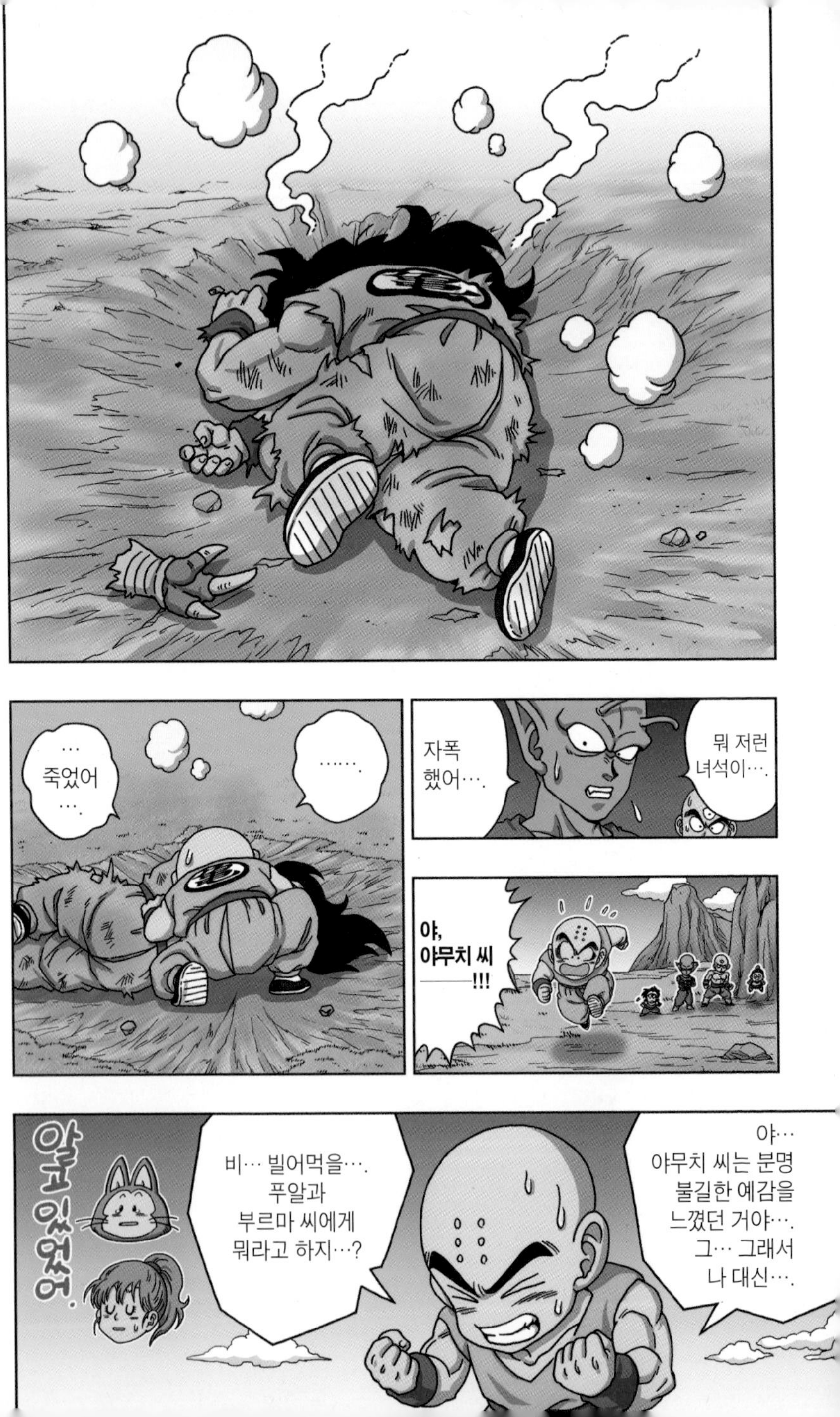

뭐 저런 녀석이….
자폭 했어….
야, 야무치 씨 ———!!!
…….
… 죽었어 ….
야… 야무치 씨는 분명 불길한 예감을 느꼈던 거야…. 그… 그래서 나 대신….
비… 빌어먹을…. 푸알과 부르마 씨에게 뭐라고 하지…?
알고 있었어.

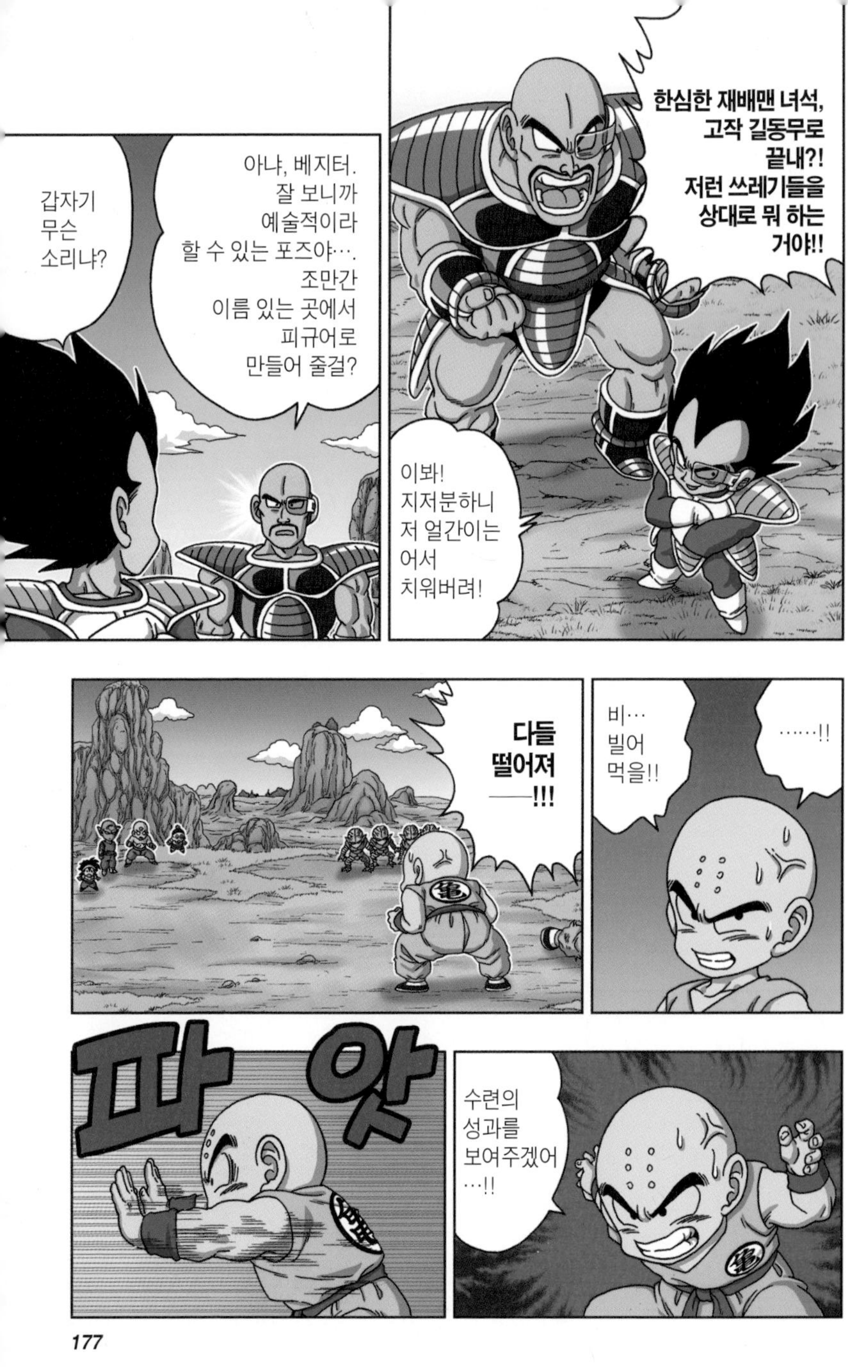
한심한 재배맨 녀석, 고작 길동무로 끝내?! 저런 쓰레기들을 상대로 뭐 하는 거야!!
이봐! 지저분하니 저 얼간이는 어서 치워버려!
아냐, 베지터. 잘 보니까 예술적이라 할 수 있는 포즈야…. 조만간 이름 있는 곳에서 피규어로 만들어 줄걸?
갑자기 무슨 소리냐?
……!!
비… 빌어 먹을!!
다들 떨어져——!!!
수련의 성과를 보여주겠어…!!
파 앗

콰아아
龟
!

쿠오오오오
떨어져, 차오즈!!!
잘못하면 휘말린다——!!!!
에너지는 어마어마하지만 속도가 느려!!
이건 피하라는 거나 마찬가지야…!!
파밧
씨익
번쩍

하압
!!!!!
슈웅
휘익
파앗

콰앙
콰앙
콰앙
콰앙
콰앙 콰앙
바, 방금 야무치 씨도 맞지 않았어요…?
…….
벌렁
벌렁
콰앙

쿠오오오오-…오
헤헤….
어떠냐!
허허
억억
해냈다!!!
네?!
기뻐하고
있을 때인가?
집중해서
기를 탐색해
봐….
괴…
굉장해
…!!

크크크…
지구인 치고는 제법인걸?
!!
큭…!!
아…!!
너희가 바라는 대로 놀이는 슬슬 끝낼까…?
키히히히히…. 드디어 진짜 전투 시작이다.
마… 말도 안 돼…. 아무런 타격도 없다니…!
저… 정통으로 맞았는데….
나… 난 풀파워였어…!!
이… 이것이 사이어인…!!
5 전사들의 사투!!! (끝)

내 이름은 트랭크스.
타임머신을 타고 다니며 싸우는 전사다.
이번에도 이래저래 많은 일이 있어
또다시 다른 시대에 오게 됐는데…
위이이—…잉
뭔가 또 엄청난 시기에 와버린 것 같아….
고오오오오…
또 프리저와 싸우고 있는 시간에 와 버렸어….
프리저의 저 발판은 어떤 원리로 공중에 떠 있는 걸까…?
호호호…. 살짝 싸구려 네이밍이지만,
골든 프리저라고나 할까요?

훗…. 이것은 초사이어인 갓의 파워를 가진 초사이어인….
줄여서 초사이어인 갓 초사이어인 이라고나 할까…?
오오오
오오…
그럼 나도…
하압!!!
고오오오오…
그렇다면 난 초사이어인 갓 초사이어인 갤럭티카 블루로 할까….
그렇다면 전 프리저 일족 중 신과 같은 힘을 가졌으니 초 골든 프리저 갓 프리저프리저라고 하기로 할까요….
혹시 제가 오공 씨의 어린이 시절로 타임슬립한 건가요?
애들 말싸움처럼 들릴지도 모르지만, 저래 봬도 저런 거창한 이름이 붙어도 될 만큼 강해.
저기~…
…….
그 뒤, 트랭크스는 타임머신이 은하법 위반이란 이유로 은하 패트롤에 연행되었다.

(2016년 점프 스페셜 코믹스!! 게재)

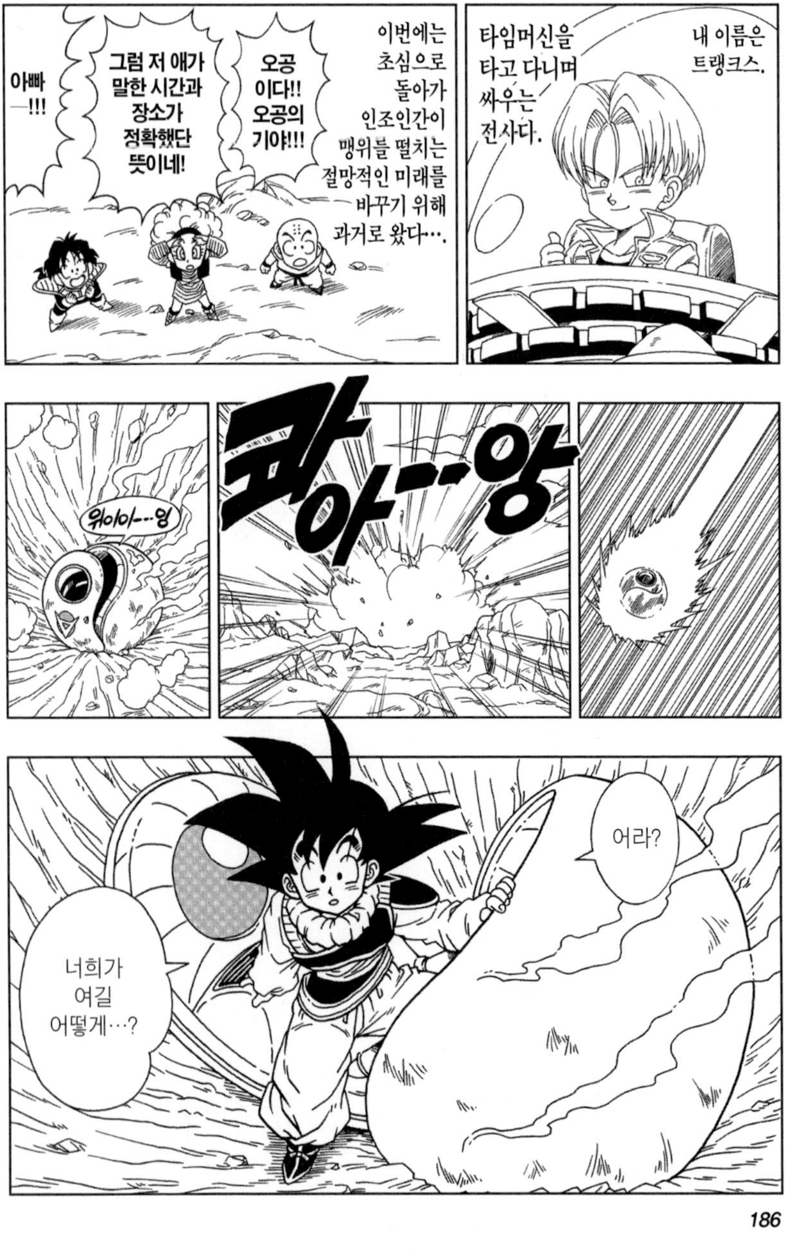
내 이름은 트랭크스.
타임머신을 타고 다니며 싸우는 전사다.
이번에는 초심으로 돌아가 인조인간이 맹위를 떨치는 절망적인 미래를 바꾸기 위해 과거로 왔다….
오공이다!! 오공의 기야!!!
그럼 저 애가 말한 시간과 장소가 정확했단 뜻이네!
아빠—!!!
콰아…앙
위이이…잉
어라?
너희가 여길 어떻게…?

이 애 덕분이야! 이곳에 손 군이 돌아올 거라고 가르쳐줬거든!
아빠, 아는 사이죠?!
……?
누구야?
어?!
손오공 씨, 실은 단둘이 할 이야기가….
응?
이 근처에서….
거두절미하고 말하겠습니다. 못 믿으실지도 모르지만
저는 약 20년 뒤의 미래에서 타임머신을 타고 온 저기 있는 부르마 씨의 아들입니다.
뭐?!
부르마의?!
그럼 넌 야무치의 아들이구나!!
아닙니다.

하지만 그런 말 하러 온 게 아니에요! 이래이래 저래저래해서 3년 뒤면 이 세계의 것이라 생각할 수 없는 힘을 가진 무시무시한 적이 나타난다는 사실을 전하려고….
잠깐, 스토옵!!!
어?
오공 씨! 저도 미래에서 왔습니다!! 여기 있는 저보다 더 절망적인 미래를 구하기 위해 부디 우선순위에 협력 부탁드립니다!!!
뭣?!
팍
시기적으로 볼 때, 지금이 절정기라 슈퍼한 절 도와주시는 쪽이 SD에 이득이에요!! 망설이실 필요 없습니다!!!
무슨 소리야! 모든 일의 발단인 날 돕지 않으면 너란 미래 자체가 사라진다고!!
잠깐, 스토옵——!!!
엥?!
또?

전 인조인간은 어떻게든 쓰러트렸지만, 셀은 도저히 쓰러트리지 못하는 세계에서 왔습니다!
전 바비디와 데브라가 지구를 뒤엎으며 돌아다니는 미래에서 왔어요!
전 마인 부우가 부활한 미래에서 왔습니다!
전 더 절망적인 미래에서
저도
저도
음~…. 잘 모르겠지만, 너흰 숫자도 많으니까
다 같이 협력해 미래의 적을 하나씩 쓰러트리면 되지 않을까?
그… 그 방법이 있었나!!!
역시 어머니가 인정한 남자, 오공 씨…!!
와―와―
하하하…
그리고…
훗…. 또 트랭크스 인가? 혼자서 매번 헛된 노력을….
…잠깐, 왜 이렇게 많아?!!
인조인간, 각오해라!!!
우르~~르
그리고 미래에서 온 트랭크스들은 압도적인 물량으로 모든 미래에 희망의 빛을 가져왔다고 한다….

(점프 빅토리 카니발 2016 공식 가이드북 게재)

비스트 vs 셀 맥스!!
'슈퍼 히어로 편' 최절정에!!
DRAGON BALL 슈퍼 SUPER
23권 대출간!!

최강의 인조인간, 셀 맥스가 기동——!! 감마 1호, 2호와 함께 오반 일행은 셀 맥스에게 맞서지만,
그 거구에서 뿜어져 나오는 공격에 압도당하고 마는데…!
피콜로의 순간 거대화로 거인 대 거인의 울트라 배틀이 발발하고?!

원작 : **토리야마 아키라** 만화 : **토요타로**

값 6,000원 서울미디어코믹스

바람의 검심
어나더 스토리즈

**격동의 메이지 시대 인물들의
이야기가 다시 시작된다!!
어나더 스토리즈만의 등장인물
제작 비화와 작품별 후기 수록**

바람의 검심
어나더 스토리즈
NOBUHIRO WATSUKI
JUMP COMICS SPECIAL

「메이지 검객 낭만기」 본편에선 그려지지 않은, 등장인물들의 숨겨진 스토리…. 켄신의 최악의 적수 시시오 마코토와 그의 애인 코마가타 유미의 만남을 그린 「불꽃을 지배하다—바람의 검심 · 이막(裏幕)—」, 떠돌이 켄신이 도쿄에 오기 전, 요코하마에서 대활약하는 「바람의 검심—메이지 검객 낭만기—제0막」, 작가가 본편 연재 개시 전에 구상했던 '초안'을 베이스로 이야기를 재구축한 '또 하나의 본편' 「바람의 검심—키네마판—」, 총 세 편을 수록. 격동의 메이지 시대를 무대로, 검객들의 활약상 생생하게 그려낸 걸작 스핀오프 작품집. 새로 쓴 「문고판 후기」도 수록!!

NOBUHIRO WATSUKI

정가 11,000원 서울미디어코믹스

JUMP COMICS SPECIAL

DRAGON BALL SD ⑤
드래곤볼 SD

2024년 8월 20일 제1판 제1쇄 인쇄
2024년 8월 25일 제1판 제1쇄 발행

원작·감수 | 토리야마 아키라
만화 | 오오이시 나호
번역 | 유유리
발행인 | 오태엽
편집국장 | 강우식
편집담당 | 박영선
표지담당 | Design Plus
라이츠사업팀 | 이은선, 박경진, 정선주, 신주은
전략마케팅팀 | 김정훈, 이강희, 정누리
제작담당 | 박석주

발행처 | (주)서울미디어코믹스
등록일 | 2018년 3월 12일
등록번호 | 제 2018-000021
주소 | 서울특별시 용산구 만리재로 192
인쇄처 | 코리아 피앤피